कृष्णा सोबती

भारतीय साहित्य के परिदृश्य पर हिन्दी की विश्वसनीय उपस्थिति के साथ कृष्णा सोबती अपनी संयमित अभिव्यक्ति और सुथरी रचनात्मकता के लिए जानी जाती हैं। कम लिखने को वे अपना परिचय मानती थीं, जिसे स्पष्ट इस तरह किया जा सकता है कि उनका 'कम लिखना' दरअसल 'विशिष्ट' लिखना था।

किसी युग में किसी भी भाषा में एक-दो लेखक ही ऐसे होते हैं जिनकी रचनाएँ साहित्य और समाज में घटना की तरह प्रकट होती हैं और अपनी भावात्मक ऊर्जा और कलात्मक उत्तेजना के लिए एक प्रबुद्ध पाठक वर्ग को लगातार आश्वस्त करती हैं।

कृष्णा सोबती ने अपनी लम्बी साहित्यिक यात्रा में हर नई कृति के साथ अपनी क्षमताओं का अतिक्रमण किया है। 'निकष' में विशेष कृति के रूप में प्रकाशित 'डार से बिछुड़ी' से लेकर 'मित्रो मरजानी', 'यारों के यार', 'तिन पहाड़', 'बादलों के घेरे', 'सूरजमुखी अँधेरे के', 'ज़िन्दगीनामा', 'ऐ लड़की', 'दिलो-दानिश', 'गुजरात पाकिस्तान से गुजरात हिंदुस्तान', 'चन्ना', 'हम हशमत', 'समय सरगम', 'शब्दों के आलोक में', 'जैनी मेहरबान सिंह', 'सोबती-वैद संवाद', 'लद्दाख़ : बुद्ध का कमण्डल', 'मुक्तिबोध : एक व्यक्तित्व सही की तलाश में', 'लेखक का जनतंत्र' और 'मार्फ़त दिल्ली' तक उनकी रचनात्मकता ने जो बौद्धिक उत्तेजना, आलोचनात्मक विमर्श, सामाजिक और नैतिक बहसें साहित्य-संसार में पैदा कीं, उनकी अनुगूँज पाठकों में बराबर बनी रही है।

कृष्णा सोबती ने हिन्दी की कथा-भाषा को एक विलक्षण ताज़गी दी है। उनके भाषा-संस्कार के घनत्व, जीवन्त प्रांजलता और सम्प्रेषण ने हमारे समय के अनेक पेचीदा सच आलोकित किए हैं। उनके रचना-संसार की गहरी सघन ऐन्द्रियता, तराश और लेखकीय अस्मिता ने एक बड़े पाठक वर्ग को अपनी ओर आकृष्ट किया है। निश्चय ही कृष्णा सोबती ने हिन्दी के आधुनिक लेखन के प्रति पाठकों में एक नया भरोसा पैदा किया। अपने समकालीनों और आगे की पीढ़ियों को मानवीय स्वातंत्र्य और नैतिक उन्मुक्तता के लिए प्रभावित और प्रेरित किया।

'ज्ञानपीठ पुरस्कार', 'साहित्य अकादेमी पुरस्कार' और साहित्य अकादेमी की महत्तर सदस्यता के अतिरिक्त, अनेक राष्ट्रीय पुरस्कारों और अलंकरणों से शोभित कृष्णा सोबती साहित्य की समग्रता में अपने को साधारणता की मर्यादा में एक छोटी-सी क़लम का पर्याय ही मानती रहीं। समय को लाँघ जानेवाला लेखन ऐसे लेखन से कहीं अधिक बड़ा होना चाहिए—साहित्य को जीने और समझनेवाले हर आस्थावान व्यक्ति की तरह यह निर्मल और निर्मम सत्य उनके सामने हमेशा उजागर रहा।

निधन : 25 जनवरी, 2019

समय सरगम

कृष्णा सोबती

राजकमल पेपरबैक्स

पहला पुस्तकालय संस्करण
राजकमल प्रकाशन प्राइवेट लिमिटेड द्वारा
2000 में प्रकाशित

राजकमल पेपरबैक्स में
पहला संस्करण : 2008
चौथा संस्करण : 2019

राजकमल पेपरबैक्स : उत्कृष्ट साहित्य के जनसुलभ संस्करण

राजकमल प्रकाशन प्रा. लि.
1-बी, नेताजी सुभाष मार्ग, दरियागंज
नई दिल्ली-110 002
द्वारा प्रकाशित

शाखाएँ : अशोक राजपथ, साइंस कॉलेज के सामने, पटना-800 006
पहली मंजिल, दरबारी बिल्डिंग, महात्मा गांधी मार्ग, इलाहाबाद-211 001
36 ए, शेक्सपियर सरणी, कोलकाता-700 017

वेबसाइट : www.rajkamalprakashan.com
ई-मेल : info@rajkamalprakashan.com

बी.के. ऑफसेट
नवीन शाहदरा, दिल्ली-110 032
द्वारा मुद्रित

मूल्य : ₹175

SAMAY SARGAM
Novel by Krishna Sobti

ISBN : 978-81-267-1561-9

1999 की अंतिम
और
2000 की प्रथम कृति

एक

खिड़की का परदा तेज हवा में लहराने लगा था।

क्या आँधी आने को है !

जाड़े में आँधी !

न...न...नहीं।

हाथ बढ़ा परदा ग्रिल में खोंस दिया। बाहर देखा। दुपहर की चमकीली पतली धूप हवा के झोंकों में लहराती थी।

दूर सामने हुमायूँ का मकबरा अपने गुंबद के गोलार्द्ध में स्थित समय की धूप सेंक रहा है। सरदी की यह धुपैली गरमाहट हल्के-से कपड़ों को छू रही है। जीने की अनंत नाटकीयता—वह भी इतने विशाल मंच पर ! यह धरती, आकाश, सूरज, हवाएँ और हम !

मंच पर अभिनीत होना अभी कुछ बाकी है क्या।

सहसा आरण्या की साँस तेज हो गई। आँखों में रात का सपना घूम गया। क्या दृश्य !

आकाश में कहीं ऊँचा-सा कपाट दीखा था। लकड़ी की चौखट में खूब बड़ा दरवाजा जड़ा था। और, उस पर लगी थी आरण्या की नाम-पट्टिका।

दरवाजे में छोटा-सा कपाट खुला और अंदर से दीखा एक जाना-पहचाना चेहरा।

कौन !

यह तो मैं ही हूँ। मैं ही अंदर से झाँक रही हूँ।

नहीं...नहीं...ऐसे कैसे ! मैं तो बाहर खड़ी हूँ न !

ठीक से देखो आरण्या, क्या यह झुर्रियोंवाला मुखड़ा तुम्हारा नहीं है ?

है तो ! पर ऐसा होने से क्या हुआ ! हम तो हर पल बड़े होते रहते हैं न !

हाँ। पर जान रखो—इस चेहरे पर सताई हुई रेखाएँ नहीं। समय के साथ उगी पकी हैं। अपने वक्त को खुद जीया है।

इतना संतोष ! फिर यह प्रश्नोत्तर कैसे ! क्या कपाट को चीन्ह रही हो। तुमने ही तो घड़ा है इसे जीकर !

आरण्या ने अपने दोनों हाथ एक-दूसरे में गूँथ लिये।

अंतराल के बाद खोले, बालों को छुआ कि अपने में अपनी निकटता सरसराने लगी।

कुछ परेशानी है क्या !

नहीं। हवा पी रही हूँ। आत्मा तक खींच रही हूँ ऑक्सीजन ! खुश हूँ कि जीवित हूँ। अपने साथ के तो कब के जा चुके।

वे चेहरे, नहीं, भूल जाओ उन्हें। नमस्कार कर दो उन्हें। जीवित और मृतकों की जातीय स्मृतियाँ बदल गई हैं। वह एक-सी नहीं हैं।

ओह ! संतुष्ट हूँ कि जीवित हूँ।

आरण्या ने कमरे में नजर फिराई। मेज पर पड़े फल रंग-रूप-गंध से अपनी ओर खींचने लगे।

चमत्कृत !

प्लेट और छुरी उठाई और इत्मीनान से फल छीलने लगी। फल की फाँकों के साथ प्याला उमगने लगा। नीबू निचोड़ा, नमक डाला, थोड़ी काली मिर्च भी।

चखा और एक चम्मच-भर चीनी ऊपर से बुरक दी।

भूल जाओ उस सपने को। मजा लो फलों की तरावट का ! अभी सब कुछ कल का-सा ही है। अपनी धुरी पर टिका है। हिल भी जाए तो भी क्या ! वक्त है। अंतिम पड़ाववाली भूमिका कभी भी पास आ खड़ी हो सकती है। होगी। उसे होना है। सबकी होती है।

तुम उसकी चिंता कर रही हो ! जिस डोर की चरखी ऊपरवाले बुलंद दरवाजे पर टँगी है, उसे भला यहाँ क्यों ढूँढ़ रही हो ! क्या डर रही हो ! भयभीत हो !

हाँ और नहीं, दोनों ही।

जब तक हो आराम करो। मौसमों का सुख लो। ऐसी हवाएँ कहीं और नहीं। चाँद पर भी नहीं।

हल्के मन फोन उठा ईशान का नंबर मिलाया। देर तक बजता रहा। घंटे-भर बाद फिर से नंबर मिलाया। बजा और उठा लिया गया।

हैलो !

हैलो, मैं रख देने को थी। सोचा आप आराम में होंगे।

आज टॉयलेट की सफाई का दिन था। वही करके आ रहा हूँ। हाँ, शाम को पार्क चलने का इरादा है क्या !

चल सकूँगी ! कितने बजे ?

ठीक साढ़े चार ! फाटक पर ही मिलेंगे।

आरण्या को कुछ हड़बड़ाहट हुई। सैर को जाने से पहले आराम जरूरी है।

थकन-सी हो रही है ! सुबह विटामिन लेना भी भूल गई थी !

लेटे-लेटे सोचा, घड़ी की सुइयों में से जाने कितना कुछ निकाल पाते हैं हम !

ईशान घड़ी के आतंक में वहीं नजर टिकाए रहते हैं और मैं उससे आँखें चुराए रहती हूँ।

भला तुलना क्यों ! अपने-अपने कदमों की रफ्तार है।

ठीक चार पच्चीरा पर आरण्या नीचे पहुँच गई।

कलाई देखी।

बिलकुल वक्त से हूँ। घड़ी के चंगुल में से निकल जाना आसान नहीं। खास तौर पर जब इस सयानी की कभी ताली गुम हो, कभी पर्स, कभी जरसी। कभी यह दुविधा हो कि हल्का पहने या भारी। भारी से चलना मुश्किल होगा। हल्का पहनो तो सरदी लगने का खतरा।

पुराना जिस्म।

सड़क पर चलते हुए किसी दूसरे की निगाह से अपने पर नजर डाली। चुस्त-दुरुस्त ! कपड़े न ज्यादा गर्म न ठंडे। अपना भार उठाने को सुखकर।

सड़क के किनारे-किनारे कीकरों की लंबी पाँत झिलमिली-सी बनी धूप में लहराती झूल रही है। पक्के बाँध तले सरसों के लंबे-चौड़े खेत ! छोटे मँझोले पौधे धूप और हवा को अपने में खींचने में मस्त।

सड़क का ट्रैफिक इन सबसे बेखबर तेज गति से भागा चला जा रहा है।

ईशान ने गाड़ी पार्क की।

दोनों पार्क के प्रवेश-द्वार की ओर बढ़ चले। कतार में खड़े ऊँचे युक्लिपटस जाने क्यों अपनी ऊँचाइयों में भी अनमने दीखते थे। पार्क के बाहर खड़े हैं, शायद इसीलिए। दाईं पटरी पर रोड़ी और बजरी की ढेरियाँ। हैज के साथ-साथ पार्क को घेरे हुए कँटीली तार जमीन पर पसरी है। यहीं से दाखिल हो रही है पार्क में एक छोटी-सी सँकरी पगडंडी।

ढलान है, जरा सँभलकर, फाँद लेंगी न !

जी हाँ।

एक साथ दो जोड़ी शू सतर्क हुए और सावधानी से पार्क के अंदर पहुँच गए।

लाल टाईल्स की लंबी रौस। अशोक के हरियाले पेड़ों से घिरी है। किंगरी की तरह साथ-साथ जाती फूलों की क्यारियाँ। छोटे-छोटे नन्हे फ़्लॉक्स—लाल, गुलाबी, बैंजनी, सफ़ेद।

सामने लतरों के झुरमुट। बुगनबेलिया की गुच्छीली चटक बेलें। चटक लाल गुलाबी। ब्राजीलियन पाम। जातिमान। पीछेवाले, छोटी जात के अलग खड़े हैं।

पार्क में भी बाँट ! मंडल राजनीति ही तो !

हरे जाजम का-सा घास ! अपने हरे-भरे की सुरक्षा इसका धर्म है ! रंगों का छिड़काव भी इसे अस्वीकार नहीं !

गोलाकार क्यारियों में कैसे रंग-बिरंगे फूल ! बिना खुशबू के भी इतराते। गुटकने मोरपंखी पौधे अपने परिवार में गुँथे जुड़े। सजीले पत्तों से बुने हुए। इनके सामने तो संगमरमर का चौंतरा चाहिए था। इनकी छब-छटा ही कुछ और होती।

ऊँचाई पर छाँह-घर में बैठे बतिया रहे हैं बूढ़े वरिष्ठ नागरिक। घर-परिवार से बाहर हो रहा है उनका सार्वजनिक संवाद। बीती हुई उम्र का अर्जित एकांत ! बस इतना ही।

ईशान और आरण्या मोड़ पर रुके।

यहीं से घूमने के लिए अलग-अलग दिशा को बढ़ जाएँगे।

ठीक छः बजे हम लौटकर यहीं मिलेंगे।

आरण्या पार्क के बाईं ओर बढ़ गई। वीपिंग विल्लो की नीचे लटकती टहनियाँ। बीच में झमकते लाल-लाल ब्रश। आगे सागवान के पेड़ों की लंबी कतारें।

संझाती धूप में पार्क दीख रहा है किसी छवि-संग्रह जैसा। हवा की चक्की धीरे-धीरे घूम रही है। पवन-ऊर्जा ! पेड़ों के पीले मुकुट हवा की लहरों में जगमग-जगमग।

मस्जिद के आगे पेड़ शांत हैं। अपनी-अपनी मनचली शाखाओं से लदे। पाखियों के झुंड जाने क्या-क्या संवाद कर रहे हैं। मालूम नहीं, इस शोर का भुगतान भी कौन करेगा। भला ट्रैफिक-शोर से इसकी क्या प्रतिस्पर्धा। पेट्रोल खर्च होता है तो पहिए गतिमान होते हैं। यहाँ बिना किसी टैक्स के ही चैनल तरंगित हैं।

कहीं यह भी मूक वृक्षों का आंदोलन तो नहीं !

किसके खिलाफ होगा ! क्या लतरों के विरुद्ध जो इनसे लिपट-लिपट जाती हैं ?

नहीं, यह पेड़ हम दोपायों के विरुद्ध हैं। शायद हमारी मनमानियों से खीझ गए हैं।

पाखियों की टुकड़ियों पर भी कोई अंकुश नहीं।

चिड़ियों को देखो, चुग-चुग चीं-चीं करती रहती हैं। सयाने पेड़ों को खूब सताती हैं।

जमकर शोर मचाती हैं। करती हैं पूरी तानबाजी। बूढ़े पेड़ चुप हुए रहते हैं। नहीं बोलते। आत्मिक हैं पूरे। नहीं-नहीं, घुन्ने हैं। चुपचाप जासूसी करते रहते हैं। सहसा सामने से एक नीलकंठ फुर्र से उड़ गया। वाह, क्या पंख और क्या उड़ान ! घास की नन्ही-मुन्नी पत्तियाँ हवा में हिलोरें लेने लगीं। आरण्या तेज-तेज कदमों से लगभग दौड़ने लगी। पाँव तले उखड़े पत्थर का खटका लगा। नीचे से टाइल उखड़ी हुई थी। सँभलकर ! गिरोगी। कम पुरानी नहीं हो। दुर्घटना कभी भी हो सकती है।

याद आया। मेडिकल इंश्योरेंसवाला कागज। सँभालकर रखा है न ! रखा कहाँ है, यह याद नहीं। घर लौटते ही ढूँढ़ना होगा।

आरण्या को दौड़ते देख कुछ टहलती आँखें अचरज से देखने लगीं। इस उम्र में यह रफ्तार। चाल अपने आप धीमी हो गई।

घड़ी देखी।

दूर दीखते खाली बेंच को आँखों से आरक्षित किया। वहीं पहुँचकर सुस्ताएगी। लॉन में पानी लगा है। जूते-मोजे उतार हाथ में ले लिये और गीले लॉन को तिरछे काटते हुए गंतव्य पर पहुँच गई।

बैठे-बैठे देखा—लतरें, शाखें, टहनियाँ सब गहराने लगी थीं। पतली धूप में जो जलरंग दीखते थे, अब लगने लगे हैं गहरे तैलरंग। ऊपरवाले के पास तो असीम

स्वतंत्रता है। उसने ब्रह्मांड में बेहिसाब प्रयोग किए हैं। हर चीज, हर शै का अलग-अलग स्वभाव, गुण, आकृति।

पेड़ लता से, फूल पत्ते से, हिरण चीते से, चीता खरगोश से, तितली मोर से, मोर कव्वे से, कव्वा चिड़िया से, आदमी शेर से, शेर बच्चे से, बच्चा माँ से, माँ पिता से।

अनोखा अनुपम संसार ऊपरवाले का, उसका, हमारा और हम सबका !

सामने पैदल पथ पर ईशान चले आ रहे हैं।

आरण्या मोजे पहनने लगी।

क्या जूते काट रहे हैं ?

नहीं। घास गीली थी और जूते बचाने जरूरी थे। सो हाथ में पकड़ लिये।

ईशान हँसे।

जूते बचाने के लिए सरदी पकड़ने में भी भला क्या तुक ! एंटीबायटिक्स तक खाने पड़ सकते हैं।

आरण्या हँसी।

उनसे पहले मैं काली मिर्च, तुलसी और मुलट्ठी का काढ़ा पिऊँगी।

अच्छी आदत है। बहुत ज्यादा दवा लेना ठीक नहीं।

मतलब यह निकला कि गीली घास पर चलना मुझ जैसे पुराने नागरिक के लिए ठीक नहीं !

हाँ आरण्या, पुराने नागरिकों को इस तरह की लापरवाहियाँ बहुत महँगी पड़ सकती हैं।

सही कह रहे हैं। आगे के लिए सैर में सिर्फ़ एक्शन शू।

इसके साथ एक और टुकड़ा जोड़ दें, नहीं तो किसी शू कंपनी के विज्ञापन का-सा सुन पड़ेगा।

नहीं, आज की-सी शाम का समापन किसी विज्ञापन पर उचित नहीं।

तो आध्यात्मिक संवाद ही हो जाए।

आरण्या, क्या यह शब्द है आपके कोष में।

लगता तो नहीं। अपना कुल धर्म अधिकारों की लड़ाई है और आपका ज्ञान प्रज्ञा से जीवों में सुलह-सफाई है।

हूँ। मौखिक द्वंद्व का संकेत दे रही है चाल आपकी। मुठभेड़ के लिए तैयारी है क्या ?

बहुत आक्रामक लग रही हूँ क्या ? वैसे तो अंतर्मन की क्रियाएँ पाँवों में थिरकने ही लगती हैं।

अनुशासन—

हाँ, अपने पास भी है। आपके पास शास्त्र है और अपने पास शस्त्र।

आप ही विभाजन कर रही हैं।

पूरा देश उलझा है जातीय स्मृति की खलबली में ! मैं द्विज हूँ, मैं अब्राह्मण हूँ। मैं क्षत्रिय, मैं राजपूत, मैं अराजपूत, मैं जाट-गूजर, मैं कमजोरवर्गी, मैं दलित, मैं अनुसूचित।

ठहरिए-ठहरिए, भारतीयता कहाँ हैं ?

भारतीयता ?

वह न्यायालय के तराजू में—

क्यों न विषय बदल लें !

चलिए, कल्पनातीत सुखों के नाम लेते हैं।

पहले आप की बारी।

मेरे सुखों की सूची बहुत ही संक्षिप्त है। एक पंक्ति में शब्दों के गुच्छे और अर्थों के मुखड़े। बस इतना ही। अब आप कहें—

कोई एक अच्छी कृति पढ़ पाने का सुख।

कुछ विस्तार करें—

अर्थों के पीछे से चमकता चैतन्य। चैतन्य ही मणिभ है। अपनी पारदर्शी चमक में मणिभ कभी फीका नहीं पड़ता।

व्यक्ति के संदर्भ में कह रहे हैं न !

हाँ, वही इस जीवन की परम अद्वितीयता है। एक संपूर्ण संरचना। अपने प्रति चैतन्य होना ही पुनर्रचना है। क्या ठीक कह रहा हूँ ?

हाँ, समझ रही हूँ।

जितनी बार अपने को सँवारना, नया करना, उतनी बार पुनर्जन्म। चुपके से आरण्या ने अपने से पूछा—भला कितने जन्म हो चुके तुम्हारे अब तक।

अनेक ! सचमुच अनेक जन्मों की तैयारी रही इस एक जन्म में।

ईशान ने लंबे मौन से उबारने को कहा—आपको कुछ कहना है। अब आपकी बारी है।

हो रहा है पुनर्जन्म इन दिनों भी। कागजों को फाड़कर। उम्र की भविष्यवाणी ! क्या इस अनुभव के बीच से आप भी गुजरे हैं ?

हाँ। कभी पुराने पत्र, कभी पुराने हिसाब, कैलेंडर और डायरियाँ। अपनी कहूँ तो कागजों के साथ-साथ स्मृतियाँ भी। शायद इसे ही निर्वाण कहते होंगे।

इतना स्पष्ट कहने का आग्रह भी क्यों ?

इसलिए कि ठेठ गद्य को जीती हूँ।

दोनों गुलाब वाटिका की दीवार के साथ-साथ बढ़े।

इस वाटिका में तो जैसे काव्य-भाषा उग रही है।

पहले देख गई हूँ।

क्या आपने कोनेंवाली काले नारंगी गुलाब की क्यारी में एक छोटी-सी साँवली गुलाब-पुत्रिका देखी।

नाम सुंदर है। गुलाब-पुत्रिका ! इस पहचान में कहीं स्त्रीत्व का दबाव तो नहीं।

हो भी सकता है। पार्क का पुत्र-समाज तो बहुसंख्यक है। हमें अल्पसंख्यकों की भी चिंता है। इसीलिए इन पुत्रियों को पहचानना भी जरूरी है।

ईशान हँसे।

विवाद में यह मामला कहीं ज्यादा न उलझ जाए !

नहीं, ऐसा नहीं होगा। हम अपनी सौजन्यता को संकीर्णता में क्यों बदलेंगे ! झगड़े हों या न हों, हम सयाने तो शांति को प्राप्त होंगे।

दोनों हँसते रहे।

इच्छा देवी तो अधिकारों का रास्ता वहाँ भी काट देगी।

संकेत समझ गई हूँ। उस अनंत शक्ति का सामना किए रहेगी।

ईशान हँसे। आपको वकील की जरूरत तो वहाँ भी पड़ सकती है।

वहाँ भी यही व्यवस्था होगी। फीस दी जाएगी तो पैरवी होगी। हाँ, फैसले के लिए एक युग तक लग सकता है।

उतने में तो कई शताब्दियाँ पार हो जाएँगी।

आरण्या खिलखिलाकर हँसी।

सुनने में अच्छा लग रहा है कि हम इतना लंबा अरसा जिएँगे। इतना बता दूँ कि मैं धीरज से प्रतीक्षा करूँगी। अपने अधिकार कैसे छोड़ूँगी भला !

सहसा दोनों ओर से शब्द गुम होने लगे और साँझ की आहटें मुखर हो उठीं।

पार्क का उजला हरित अब नीला दीखने लगा था। अँधेरे से पहले की शाम।

आपका मनचाहा रंग कौन-सा है ?

काला है।

नहीं-नहीं। यह तो उल्लास का रंग नहीं।

क्यों नहीं ! अपने गुलाबी काल में भी मुझे यही पसंद था। इन दिनों पहनती हूँ ग्रे और सफेद। यही दोनों मेरे आंतरिक को घेरे रहते हैं।

कुछ कदम खामोशी में खो गए। एकाएक आरण्या हँसी।

ऐसा न समझ लें कि ग्रे तक पहुँच ही गई हूँ। जीवितों की कई पवित्र इच्छाएँ होती हैं जो इस ग्रे के बाद भी बनी रहती हैं।

फाटक की ओर जाती सर्पाकार क्यारी। दोनों ने एक संग फलाँगी।

निःशब्द है समय, पर इसमें भी बहुत कुछ धड़क रहा है। और उम्र ? वह बकरी बनी चर रही है, धीरे-धीरे। चरने दो। उस ओर मत देखो !

आरण्या ने अपने से चुपके से पूछा—आँखों को कम तो नहीं दीख रहा ! कैमिस्ट से ड्राप लेना जरूरी है। डॉक्टर से कब का वक्त है भला !

सुना, ईशान कह रहे हैं—

लगता है मेरा दूर का चश्मा बदलने को है।

आकाश के गहरे नीले पर सूरज का सुनहला मुखड़ा। पार्क का पिछवाड़ा आकाश से जा मिला और पश्चिम का मुखड़ा आँखों में आ बसा। आत्मीयता से जैसे एक-दूसरे को कहते हैं—आज भी कल की तरह कल होगा। पर कल आजवाला कल नहीं होगा।

पश्चिम में सूरज धीरे-धीरे धरती के मंच की ओर सरक रहा है। अग्नि का लाल गोला। पीछे अँधियारे का विशाल परदा। लालिमा का क्षणांश पलकों में झिलमिलाता है और धरती में ओझल हो जाता है।

पेड़ अब पहले से ज्यादा खामोश हैं। अपनी अबोली ऊँचाई पर स्तब्ध। क्या अपनी निरंतरता में मुग्ध। और हम दो बुढ़ाते नश्वर।

छोटी टाइलों से अटा पैदल पथ नितांत नया-सा लगने लगा है। न पुरानी स्मृतियाँ, न उलाहने, न स्पर्धा, न आक्रामकता, न नम्रता। सिर्फ साथ-साथ चल रहे हम दो हैं। चलना अच्छा है। डॉक्टर भी यही कहते हैं।

आरण्या ने अपने को घुड़का ! बार-बार वहीं लौट रही हो ! डॉक्टर।

पेड़ों के तनों को देखो। सुघड़ता से जमे हैं अपनी जड़ों से।

तुम कैसे चल रही हो और कहाँ देख रही हो ! सुदृढ़ करो अपनी चाल को। यात्रा है अप्रत्याशित संयोजन की। गति का उतना ही सनातन स्पर्श जो अपने होने और जीने से उदित होता है। ग्रह-नक्षत्रों के हिसाब से नहीं, पैरों की चाप से।

वही। बयार उतनी-भर जितनी जीने की अवधि। कोई गुंजल तो नहीं। न पूर्वा, न उत्तरा, न दक्षिणा। हवाएँ तो कब की उड़ चुकीं अपनी-अपनी दिशाओं में। जो रह गए वह भी उड़ जाएँगे। मौसम का यही शुभ है। निरर्थक कुछ भी नहीं। सही वक्त

पर सही को सही अर्थ देना होता है। देखो सामने। डूब चुका है सूरज और पेड़ों के बीच ताजा चाँद आसक्ति के पिंजरे में लटका हुआ। इसे देख सकना भी तो एक घटना है।

लिफ्ट घनिष्ठता से खुली और आरण्या अपने तल पर पहुँच गई। दरवाजा खोला, लाइट ऑन की और बालकनी में जा खड़ी हुई। जमुना-किनारे का चौड़ा विस्तार...बत्तियों की झालर से टँका। दूर-पास के अपार्टमेंट्स की खिड़कियाँ अपने-अपने शोर में चहकतीं-महकतीं। अपनी-अपनी बत्तियों से उजरातीं। खिड़कियाँ—खिड़कियाँ नहीं बदलतीं। बदलते हैं परदे, मुखड़े और तारीखें। अंदर जा जूते उतारे। पाँव धोए। टॉवल से पोंछे तो दूब की दो-चार पत्तियाँ तलवों से लगी पड़ी थीं।

आरण्या देखती रही। कितनी नन्ही। जतन से उन्हें चुना। इतनी बारीक छुअन !

गीली घास पर वह दौड़ अनोखी थी। इस शाम की यह प्राप्ति रही।

पानी डाल चाय की केतली लगा दी।

चाय का डिब्बा देखा, खाली।

टी बैग्स होंगे !

थे।

अकेलों का यही इंतजाम। चाय है तो चीनी नहीं, चीनी है तो दूध नहीं।

तरतीब और व्यवस्था की कमी।

नहीं। आज कोई शिकायत नहीं। टी बैग्स निकल आए हैं, दूध और चीनी भी।

चाय की ट्रे अपने सामने के टेबल पर रखी। फिर अपने को मेहमान समझकर चाय पीने लगी। अभिनेता, दर्शक, श्रोता, अतिथि, मेजबान सब एक में।

फोन बजा।

हैलो !

ईशान हूँ।

कहें।

जरा दरवाजे के बाहर देख लें।

आरण्या फुर्ती से उठी। किसी अभ्यागत का आगमन है क्या। ताली घुमाई, बाहर झाँका। हैंडल पर कागज का बैग लटक रहा था। हाथ में ले दरवाजा बंद किया। बैग में झाँका। फूल थे। साथ खुँसा था छोटा-सा कागज।

'पार्क में जूते न भिगोने के लिए।'

आरण्या खुश हो गई। यह छोटी-छोटी खूबसूरत खुशियाँ। नए जूते गीले होने से बचे और किसी एक को प्रभावित भी कर लिया। नरगिस के फूलों को भी पा लिया।

गुलदान में पानी डाला। फूल रखे और संगीत लगा लिया। कुछ देर बैठी-बैठी सुनती रही, फिर धुन के साथ नाचने लगी। पाँवों में जैसे कोई पुराना समय थिरकने लगा।

कुछ भी भूलता नहीं। स्मृति-अभ्यास।

क्या ऐसे समय में कोई पंक्ति भी जोड़ सकोगी !

हाँ, इतना ही कि अपनी लिपि स्वयं हूँ।

देर गए सोचा फोन पर धन्यवाद कर सकती थी। नहीं। इसे अनकहा ही छोड़ दो। मैं विशेष महसूस कर रही हूँ। उपहार में मिले हैं नरगिस के फूल ! जिन पहाड़ों की हवाओं में सन्नाटे तैरते हैं, वहीं खिलते हैं नरगिस के फूल।

सुबह से बादल छाए थे।

दुपहर बाद पानी बरसने लगा। पहाड़ों पर बर्फ पड़ी लगती है। आरण्या बालकनी से बौछार और हवा की लहराती जुगलबंदी निहारती रही। ऊँचे तले से नीचे की तारकोली सड़क गहरी और चिकनी दीखती थी। बरखा की बूँदों तले पेड़ों के लहराते पत्ते जैसे हरे मंडप हों। धरती की ओर झुकते और आकाश की ओर खुलते पत्ते। अपनी ही छटा पर मोहित। बौछार का यह दृश्य-श्रव्य जाने कितना प्राचीन और नित-नित नया। सब अपनी लय में समय को तिरोहित करता है। हम हैं तो समय है।

समय तो हमारे बाहर भी है और आगे भी। वही है जो हमें आतंकित करता है। पर इस समय ऐसे बरसाती दिन में यह दुविधा क्यों और नर्मालाप भी क्यों !

आगे बढ़कर क्षण को पकड़ लो जो तुम्हारा है। यह शाम, यह क्षण, यह बारिश लपककर हथेली में समेट लो। एक बार चूकी तो हमेशा के लिए खिसक जाएगी।

आरण्या ने उत्साह से छाता और बरसाती निकाले और बरखा में घूमने निकल गई। अपार्टमेंट्स के सामने बिछी थीं नई सड़कें। इन पर तो अपने पुराने दिनों को खोजा भी नहीं जा सकता। जाने कितने पीछे छूट गए। छप्प--पानी का बड़ा-सा थक्का पैरों तले ! बचो। बचाओ अपने को। कीचड़ में जूते सन जाएँगे। आरण्या फाँदकर एक ओर

हो गई। दाईं पटरी के साथ नए पेड़ लगाए जा रहे हैं। ईंटों के सहारे खड़ी नर्सरी के ताजे पौधे।

सामने झुग्गियों के गुच्छाद समूह। सिरलुकाऊ ढलवाँ छतों पर नीले-पीले पोलीथीन-थिगलियोंवाले टाट, पत्थरों तले खुँसे हुए। सुरागों को बंद किए पीपे की झुग्गी में से बाहर फैलते सिगड़ी के गीले धुएँ के साथ रोते बच्चे की आवाजें। अधगीले कच्चे फर्श पर पड़े-पड़े सूखा रोना। पानी चू रहा होगा। माँ होगी पानी को रोकने की जुगाड़ में।

बच्चा इस झुग्गी में से निकलकर कहाँ पहुँचेगा ! क्या झुग्गियों के चक्रव्यूह में से निकल सकेगा, यह अभिमन्यु ? नारकोटिक पोटलियों के खतरनाक लेन-देन से छुटकारा पा सकेगा कि किन्हीं पुश्तों तले गुम हो जाएगा ? क्या साफ-सुथरे पक्के घर तक पहुँच पाएगा ? क्या सुविधाओं के बाजार में से कुछ नोचकर जुटा पाएगा ? इतिहास की अश्वमेधी दृष्टि क्या समय रहते इसकी पहचान कर लेगी ? इतवारी कबाड़ी बाजार के पुराने कपड़ों की खरीदारी इसे उबार लेगी ? डैनिम की नई मगर पुरानी दिखनेवाली पैंट खरीद सकने की हसरत पूरी कर सकेगा ? क्या सार्वजनिक कृपाएँ इस नन्हे नागरिक तक पहुँच पाएँगी ? क्या तब तक इसकी धारण-शक्ति बची रहेगी ? इसके बालिग होने में तो सोलह-अट्ठारह साल पड़े हैं। मुमकिन है अगली शताब्दी में नेता बन जाए। कौन जाने नायक कि खलनायक !

पानी तेज बरसने लगा। आरण्या के हाथों का छाता हवा में उड़ने लगा था। सड़क पार कर वह सामने की पटरी पर चलने लगी। पाँव के आगे कूड़े का ढेर। पैर बचाया। कूड़े और कीचड़ की दुर्गंध सड़क के इस हिस्से को लीप रही है। अद्भुत संबंध हैं हमारे कूड़े और कचरे से। हम उदासीन हैं इसकी बेचैन आक्रामकता से।

आरण्या ने अपने को घुड़का—कचरों के गंदे ढेर को नहीं—बहते पानी को देखो। बिजली चमकने लगी थी। अपने को सावधान किया—घर को लौटो।

फाटक पार किया और अपने ब्लॉक की ओर बढ़ते-बढ़ते इरादा बदल लिया। ऐसे मौसम में चाय का प्याला पड़ोसी मित्र ईशान के साथ भी पिया जा सकता है !

चाल में उत्साह उभरा। छाते पर का पानी छिटका, गलियारे से होकर लिफ्ट का बटन दबा दिया। फोन करना जरूरी था, पर ऐसे मौसम में इसकी माफी हो सकती है !

कॉलबैल पर हाथ रखा।

दरवाजा खुला। चेहरे पर न विस्मय, न खुशी। मात्र स्वीकार।

मन-ही-मन सोचा, आना कुछ गलत-सा हुआ शायद।

ईशान ने आरण्या के हाथ से छाता ले बालकनी में रखा और बरसाती गुसलखाने में टाँग दी।

माफ करें, गलत वक्त पर आ गई। सैर से लौट रही थी तो सोचा आपके साथ चाय पी सकती हूँ।

क्यों नहीं ! आइए।

चाहें तो चाय मैं बनाती हूँ।

नहीं, चाय आपकी रुचि की ही मिलेगी। इलायची दालचीनी से परहेज तो नहीं !

जी नहीं।

किचन से कैटल और चम्मच की आवाज।

चीनी कितनी !

आधी चम्मच।

चाय के दो मग मेज पर रख दिए गए। प्लेट में बिस्कुट और नमकीन।

लीजिए।

आरण्या ने मग उठा लिया।

घूँट भरा और कमरे पर नजर मारी। खाली-सा। सामान है और लगता है, नहीं है। सामने वाला चेहरा जैसे अपने में ही सधा-जुड़ा।

आप बारिश में घूमने निकलीं—हिम्मत की। बौछार तेज थी।

फिर क्षण-भर बाद कहा—जाने मैंने ऐसा क्यों नहीं सोचा ! घूमने जाया जा सकता था।

ईशान कुछ देर खामोश बैठे रहे, जैसे अपनी भूल पर पछता रहे हों ! खाली प्यालों ने चौकन्ना किया।

क्या चाय और आए !

जी नहीं, शुक्रिया।

ईशान उठे और साथ के कमरे से पुरानी कापियाँ और किताबों के बंडल उठा लाए।

आज न जाने क्यों पुराने बॉक्स खोलने की सोच ली। बेटे का पुराना सामान कब से बंद पड़ा था। सुबह उठते ही लगा कि जैसे इसे आज खोलना ही है। देखिए यह पत्रिकाओं की कटिंग्स, स्टाम्प-एलबम, डायरी—

इनसान को पछाड़नेवाली मौत जाने कौन से रंग की होती होगी ! उड़ते पाखियों को दबोच लेती है तो वह सदा के लिए लोप, गुम। हमेशा के लिए ओझल।

यह देखिए सूची किताबों की, किस हफ्ते क्या पढ़ा, महीने में कितनी किताबें और

पूरे साल में क्या-क्या। सब दर्ज कर रखा है। जो पसंद आई वह उक्तियाँ, सूक्तियाँ कहाँ-कहाँ से पढ़ी-उतारीं—सब कुछ विस्तार से। पूरे ब्यौरे की शैली। अंतिम बार जब हम तीनों दक्षिण-भ्रमण को निकले तो दिल्ली से चलते ही यात्रा-वर्णन इस मोटे रजिस्टर से शुरू कर दिया।

आरण्या की प्रतिक्रिया से बेखबर वह जैसे अपने बेटे को देखने लगे। उसकी आँखें अपूर्व थीं। कान बड़े-बड़े, याददाश्त अद्भुत !

आरण्या पुराने हरे रजिस्टर को उठा पन्ने पलटने लगी। कुछ ऐसे जैसे जो कहा जा रहा है उसे सुन न रही हो और जो पत्रों में देख रही है उसे पढ़ न रही हो।

मेहमान की उदासीनता क्या देख ली गई है !

मेज पर से खाली मग उठा लिये गए ! ईशान बालकनी तक गए। बाहर झाँका—पानी थम गया लगता है।

आरण्या जाने को हुई—चलती हूँ।

नहीं—आज बहादुर को नहीं आना है। मैं ही बना रहा हूँ हलका-सा खाना। यहीं खा लेंगे। सब तैयार है—सिर्फ प्रेशर कुकर गैस पर रखना है।

आज नहीं, फिर कभी।

आज ही क्यों नहीं। इत्तफाक से हम दोनों इकट्ठा हैं। मुझे घूमने के लिए आधा घंटा चाहिए। आप चाहें तो किताबें देखें—चाहे संगीत सुन लें। कोई-न-कोई कैसेट मनचाहा मिल ही जाएगा।

ईशान के चले जाने के बाद आरण्या कुछ देर उचाट-सी बैठी रही। लगा जैसे कमरा खाली हो गया है और फिर जल्दी ही किसी दबे हुए ढेर से भर गया है।

यहाँ चले आने का निर्णय अजीब-सा ही लग रहा है। कुछ परेशान कर रहा है। जो कैसेट सबसे ऊपर पड़ा था, वह लगाया और जाने किस हड़बड़ाहट में ऑफ भी कर दिया। उठकर खुले बक्सों के पास जा खड़ी हुई। खुले बक्सों में पड़े हैं कलर बॉक्स, पेस्टल एल्बम, ज्यामिती बॉक्स, कैमरा—किसी अनजान बीत चुके बच्चे के।

दूरांतरित निकटता। जो है ही नहीं, सिर्फ पुराने सामान में से झाँक रहा है—उसका संबंध इस अनजान दर्शक से भला क्या ! शतरंजी गोटें, लूडो, स्काउट यूनीफार्म, कैप, जेब में से लटकती सीटी। क्या बज सकती है अब भी ! नहीं—स्तब्ध है। पुनरुत्तर तो ओंठों से आता है अगर साँस हो अंदर !

अमंगल कभी नहीं पसीजता। आत्मीयता से भी नहीं। स्मृतियाँ सहेजकर रखी हैं,

पर मर चुकी हैं। देह की दक्षता ही इनका भविष्य है ! उसके बाद अगर कुछ है भी तो स्मृति, और कुछ नहीं। जीने की निपुणता के बाहर हुए नहीं कि गए।

दूसरा बक्सा--जरसी, मफलर, मफलर में छोटा-सा बटन वैसे ही टँका है बिना गरदन के। स्कूल बैग, फुलबूट, राइटिंग पैड। हाथ से पकड़ पैड के पन्ने लहराए कि एक पन्ना सरसराकर अलग हो गया।

उठाया। एक पत्र।

सेंट कोलम्बस स्कूल
लंच-टाइम

हैलो छोटे मामा,

कई दिन से सोच रहा था आपको लिखने की। मेरे दोस्त प्रदीप को तो जानते हैं न ! मैं अक्सर उसकी बातें आपसे करता रहा हूँ। वह बहुत होशियार और पढ़ने में तेज है। उसी के यज्ञोपवीत के बारे में लिखने जा रहा हूँ। माँ, पापा और मैं, हम सभी उनके यहाँ आमंत्रित थे। बड़े कमरे में परिवार के लोग और अतिथि बैठे थे। बीच में हवनकुंड रखा था। प्रदीप ऐसे कपड़े पहने था जैसे साधु बालक हो। प्रदीप के मामा पंडितजी इतनी तेजी से मंत्र उच्चारण कर रहे थे, जैसे कैनेडी के पढ़ने की तेज रफ्तार को मात देनी हो। मामा, पंडितजी का सुंदर उच्चारण सचमुच प्रशंसा योग्य था। ऐसा जैसा पंडित ही कर सकते हैं। हाँ, हवनकुंड का धुआँ आँखों को सता रहा था। मैं अपनी जेब से रुमाल ढूँढ़ने लगा जो मैं घर ही भूल आया था। पंडितजी घी की आहुति बहुत छोटी डालते थे। लगता है घी असली था और पंडितजी कंजूसी बरत रहे थे। तभी हवनकुंड से आग की लपटों की जगह धुएँ के अंबार कमरे को घेर चुके थे। मैं चुपके-चुपके देख रहा था। पापा बीच-बीच में रुमाल से आँखें पोंछ रहे थे। माँ बरामदे में बैठी थी सो अच्छी रही। बाद में खाना परोसा गया। छोटे मामा, खाना खाते-खाते मैंने एक बात सोची कि मैं यज्ञोपवीत नहीं करवाऊँगा। मैं यह बिलकुल नहीं करूँगा और न ही ननिहालवालों को करने दूँगा। दादाजी कुछ कहेंगे तो उसका जवाब भी मेरे पास तैयार होगा। यही कि जब पापा का यज्ञोपवीत नहीं हुआ तो मेरा ही क्यों ! सो मामा, मेरे यज्ञोपवीत के धुएँ से तो आप बच जाएँगे। आप मुझे लिखिएगा जरूर कि आपको मेरा निर्णय कैसा लगा।

अब बंद करूँगा। खेलने जा रहा हूँ। मेरे पत्र का जवाब जरूर देना मामा !

प्यार से आपका
लवी।

पत्र का कागज भुरभुरा रहा है। साफ-सुथरा लेख। अच्छे स्कूल की पहचान। यह खत स्कूल के लॉन में बैठकर लिखा गया होगा। खाने की छुट्टी में !

छुट्टी।

आरण्या ने अंतरिक्ष-चित्रों की एलबम दुबारा पेटी में सरका दी और किताबों की शेल्फ के सामने आ खड़ी हुई। आकर्षित करता चटख कवर देख किताब खींची ! पृष्ठ पलटे कि कुछ आहट-सी हुई, ज्यों कान में कोई फुसफुसा रहा हो।

कौन !

मैं हूँ !

आप कौन !

तुम्हारे पापा की मित्र हूँ। नजदीक ही रहती हूँ। बारिश में घूमने निकली थी। लौटते में रुक गई।

और पापा !

सैर को गए हैं।

हा-हा-हा...

आरण्या ने क्या किसी बच्चे की हँसी सुनी।

खूब जानता हूँ। पापा सैर का कभी नागा नहीं करते। उनके साथ घूमता रहा हूँ। कर्जन रोड होस्टल से इंडिया गेट। हर इतवार मैं उनके साथ हो जाता। एक दिन घर से बोट क्लब तक पहुँचते-न-पहुँचते मूसलाधार पानी पड़ने लगा। माँ भी साथ थीं। मोटा ओला टपका। बड़ी-बड़ी बूँदें। हम तीनों पेड़ तले खड़े हो भीगने लगे। शरण ली थी कि पेड़ तले कुछ बचाव होगा, लेकिन अंधड़ में पत्तों से भरी टहनियाँ इतनी तेजी से झूल रही थीं कि माँ और पापा सिर बचाते रहे और मैं दोनों के बीच लुक गया। आँधी ज़रा-सी थमी तो मैं माँ से दिल्लगी करने लगा।

देखो माँ, वह सामने स्टेडियम के ऊपर से उड़नतश्तरी चली आ रही है।

माँ-बाप दोनों उस दिशा की ओर ऐसे देखने लगे ज्यों सचमुच में उड़नतश्तरी दिखाई दे रही हो।

उसमें बैठे किसी दूसरे लोक के प्राणी को पहचान रही हो न !

माँ बोली—बेटे, भगवान हमेशा सक्रिय हैं। वह नाना रूपों में प्रकट होते हैं।

माँ, हम विज्ञान की बात कर रहे हैं।

हाँ-हाँ, ज्ञान-विज्ञान सब भगवान के कार्य-कक्ष से ही अनुशासित होते हैं।

मैं पापा की ओर देखकर मुसकराया। आकाश धरती पाताल सभी जगह भगवान की ही प्रयोगशालाएँ हैं। वैज्ञानिक वहाँ पहुँच चुके हैं। पापा, मैं तो अपनी छोटी-सी

प्रयोगशाला ऊपर आकाश में बनाऊँगा। जो-जो लोग अंतरिक्ष यान में बैठकर ऊपर पहुँचेंगे—मैं उनका इंटरव्यू लूँगा और यहाँ के अखबारों में भेजूँगा।

जाने क्यों माँ और पापा दोनों चुपका-सा हो रहे। मैं बोलता रहा, वह खामोश रहे।

रात को खाने पर माँ ने पूछा—बेटे, यह बताओ तुम्हारा सबसे निकट संबंध किस से है।

मेरे अपने से।

क्या !

हाँ माँ, यह मैं हूँ न। मुझसे, मेरे नाम से। आप से, पापा और दादू से और दादी से।

नाना से क्यों नहीं !

उनके अपने पोते जो हैं।

पापा मुसकराए पर माँ गुस्सा हो गई—इन दिनों कौन है तुम्हारा दोस्त, किससे बातें किया करते हो ?

माँ, मैं अपने आप कुछ नहीं जानता क्या ?

नहीं, तुम तो बहुत कुछ जानते हो—वह भी जो मैं और तुम्हारे पापा नहीं जानते।

मैं माँ की तड़ी समझ गया।

आपका मुकाबला थोड़े कर रहा हूँ। मैं तो आपका बेटा हूँ। क्या आप पहचानती हैं मुझे। यह लड़का जो स्कूल जाता है। शाम को घर लौट आता है। पढ़ने में अच्छे नंबर लाता है और अब आपके सामने बैठा है ! क्यों पापा !

माँ मुसकराने लगी। पापा एकटक देखते रहे। मैं जान गया वह मुझसे नाराज नहीं हैं। न खुश होने पर तारीफ, न नाख़ुशी पर डाँट। ऐसे हैं मेरे पापा।

सोने से पहले पापा ने मुझे और दिनों से ज्यादा प्यार किया। मैं सो गया हूँ यह जानकर पापा माँ से बोले—सुना तुमने जो बेटा कह रहा था ?

जो भी कह रहा हो, मुझे चिंता होती है। यह बचपन की सोच नहीं। हमें लवी के क्लास-टीचर से बात करनी होगी।

सुबह माँ ने फादर जोजेफ के लिए एक बंद लिफाफा मेरे हाथ में थमा दिया।

बेटे, याद से फादर जोजेफ को देना। मैंने उनसे वक्त माँगा है।

क्या मुझसे कुछ गलती हुई माँ ?

नहीं, बड़ों की हर बात में मीन-मेख नहीं निकालते।

पापा ने मुझे स्कूल ड्रॉप किया। जाने लगे तो मैंने कहा—माँ नाहक परेशान हो रही हैं। यह लिफाफा आपके पास छोड़ दूँ तो कैसा रहे !

पापा शरारत से मुझे देखने लगे। तुम्हारी माँ ने सिर्फ तुम्हारे काउंसलर से वक्त माँगा है बेटे ! इस पर तुम कैसे एतराज कर सकते हो !

समझ गया मैं। माँ ही नहीं पापा भी इसमें शामिल हैं। करने दो जो करते हैं। बाई-बाई पापा !

आरण्या कुर्सी पर बैठ गई जैसे थक गई हो।

बाई बच्चे ! हम-तुम आज से पहले कभी मिले नहीं थे। तुम जरूर पढ़ने में अच्छे रहे होगे। तुम्हारी कापियाँ बता रही हैं।

और जो यह बातें कर रहे थे तुम !

वाह, यह क्या कह रही हैं आप !

बोल तो आप रही थीं, मैं तो सिर्फ सुन ही रहा था।

मेज पर खाना लगा। सूप, स्टीम की हुई सब्जियाँ, दही, फल, दो गिलास शहद और नीबू।

आरण्या निगाहों से पढ़ने लगी भरे गिलासों को। शहद-नीबू, नीबू-शहद। इस मौसम में, इस गीले दिन !

चाहें तो ब्रांडी डाल सकता हूँ।

धन्यवाद ! मैं पसंद करूँगी।

पीछे से कोई आया तो नहीं ! श्रीनिवासन को आना था।

जी नहीं।

आरण्या सोचने लगी। क्या तभी कोई आता है जब सशरीर आता है। कभी-कभी खयालों में भी अपने पुराने घर में आगमन हो जाता है।

चाहा, पिता को बताए कि घर से अनुपस्थित बच्चा आज शाम चला आया था—पर खामोश रही।

ईशान बोले—जाने आज क्या सूझा कि लवी का सामान खोल बैठा। कल ही सँभाल सकूँगा।

आरण्या ने चौकसी से कहा—मैंने सभी कुछ वापस बक्सों में डाल दिया है।

ओह !

जब कभी खोलता हूँ—सोचता हूँ रखने से फायदा और फिर समेटकर वहीं रख देता

हूँ। जब कभी उसकी स्कूल यूनीफॉर्म छूता हूँ तो लगता ही नहीं कि वह अब इस घर में नहीं है। जानता हूँ अगर यहाँ नहीं तो कहीं-न-कहीं है जरूर। जब गया तो तेरह का था, अब तो किसी का पिता बन चुका होगा !

दोनों एक साथ अजीब-सा हँसने लगे जैसे कुछ हल्का महसूस किया हो।

ईशान बोले--एक दिन हम दोनों कृष्णमूर्ति को सुनने जा रहे थे। लवी मचल गए। आपके साथ चलूँगा।

समझाया--तुम वहाँ क्या करोगे ! बैठे-बैठे ऊब जाओगे।

मैं उन्हें सुनना चाहता हूँ।

नहीं--तुम अभी बहुत छोटे हो। उन्हें समझ नहीं पाओगे।

आप क्या कह रहे हैं माँ-पापा ! मैं आइंस्टीन को पढ़ने की कोशिश कर सकता हूँ तो कृष्णमूर्ति का भाषण भी समझ सकता हूँ। ज्यादा नहीं तो थोड़ा ही सही।

बेटे, कृष्णमूर्ति के शब्दों के अर्थ अभी तुम ग्रहण नहीं कर सकते। नाहक जिद कर रहे हो।

पापा, ऐसा ही सही। उन्हें देख तो पाऊँगा। फोटो में उनका चेहरा मुझे बहुत भाता है। बिलकुल हिंदुस्तानी मुखड़ा।

आरण्या ने यह प्रसंग ऐसे सुना जैसे बच्चे को पहले देख रखा हो।

कुछ देर पहलेवाली धुंध जाने कहाँ विलीन हो गई। छँट गई।

ऐसे मौसम में आप आईं--अच्छा लगा। पहले कुछ अटपटा लगा था--लवी का सामान खुला पड़ा था और मैं पुराना-सा फालतू महसूस कर रहा था। जैसे बीते बरसों की गठरी अचानक खुलती गई हो।

आरण्या का चेहरा अनजाने ही सख्त हो आया। आवाज में नरमाई लाकर कहा--हो चुका है सब कुछ बहुत पुराना। जर्जर कागज भुरने लगे हैं। इतने पुराने को देखकर उसे नया करने की जरूरत कहाँ है !

हाँ ! ठीक कह रही हैं।

आवाज में कुछ गरमाहट थी।

पानी फिर बरसने लगा था। बातें होने लगीं तो कुछ ऐसा लगा कि पहाड़ भी आसपास आ जुटे हैं। टीन की छत पर जब लगातार पानी बरसता है तो मैं ऊपरवाले पर मुग्ध हो जाती हूँ।

ईशान हँस दिए।

जब बादल गरजते हैं और बिजली चमकती है तो चमत्कृत होती हूँ। और जब नद-नदिया पानी से भर जाते हैं—किनारे तोड़कर बहा ले जाते हैं—गाँव-नगर-घर-बाहर-ढोर-डंगर—तब, तब ऊपरवाले को संशय और संदेह से देखने लगती हूँ कि दूसरी सब व्यवस्थाओं की तरह ब्रह्मांड के स्वामी भी आतंकवाद का सहारा ले रहे हैं। वह कारकूनी दैवी शक्तियों को इशारा कर रहे हैं कि जाओ तहस-नहस कर दो। डरा दो, भयभीत कर दो। इसी के बाद सुधरेंगे और हाथ जोड़कर भक्ति-भाव से नमित होंगे ! स्वयंसिद्ध प्रभु की भी तो यही नीति है।

ईशान सिर्फ ताकते रहे, कुछ बोले नहीं।

आरण्या मुसकराने लगी, लेकिन ईशान की मुखाकृति गंभीर हो गई। कुछ देर देखते रहे, फिर पूछा—किसी दैवी शक्ति में तो विश्वास करती हैं !

अपने विषय में कोई यह नहीं कह सकता कि मैं नहीं हूँ। जब तक हूँ—हूँ। परमात्मा तो स्वयंसिद्ध हैं। मैं अपने विश्वास की तुलना कैसे करूँ। उन्हीं का एक अंश मुझमें भी होगा।

ईशान ने उठकर रेडियो लगाया। टी.वी. का शोर सुनना चाहें तो...

नहीं। रेडियो ही...

खबरें सुन लेने के बाद वे दोनों देर तक बातें करते रहे।

ईशान अल्मोड़ा पहुँच गए थे। अल्मोड़ा कालीमठ, मिरतोला, हेमावती काटेज। अर्ल ब्रूस्टर और उनकी पत्नी एलिजाबेथ। ब्रूस्टर और एलिजाबेथ दोनों चित्रकार थे। अर्ल पर्वत-शिखरों को चित्रित करते। उनमें बर्फ के लिए कुछ अजीब-सा सम्मोहन था। उनके द्वारा अंकित एक चित्र शून्यता ने मुझे भेंट किया था। उसे बाद में मैंने उन्हें लौटा दिया था।

ब्रूस्टर और एलिजाबेथ दोनों डी.एच. लारेंस और फरीदा के मित्र। इन लोगों का परिचय कापरी, इटली में हुआ था। इन सबने मिलकर कापरी से कोलम्बो तक एक ही जहाज पर यात्रा की थी।

वहाँ पर एक और प्रभावशाली अमरीकन ईसाई मिशनरी मिले थे स्टाइनर, जो धारचूल के भोटिया लोगों में काम करते थे।

अर्ल ब्रूस्टर का कहना था कि लारेंस को शिव मानवीय देवता के रूप में आकर्षित करते थे। अर्ल ब्रूस्टर उन दिनों अरविन्द की लाइफ-डिवाइन से बहुत प्रभावित थे। वहीं एक और असाधारण महिला मिली थीं—लिजलैरेमेंड। उनके पति यूनेस्को में थे। लिज

उन दिनों शारदा माँ पर किताब लिख रही थीं।

आरण्या ने क्षमा माँगते हुए कहा—जानते हैं ईशान, स्वामी रंगनाथन के सुझाव पर मेरे पिता मुझसे शारदा माँ का हिंदी अनुवाद चाहते थे ! क्या संयोग !

क्या कर सकीं !

नहीं। मुझमें अनुवाद का कोई कौशल नहीं था !

एक अविस्मरणीय शाम याद आती है। अल्मोड़ा से चल शून्यता के साथ हम मिरतोला पहुँचे ! वहीं हम कृष्ण प्रेम से मिले। कृष्ण प्रेम पहले प्रोफेसर निक्सन थे। वह लखनऊ विश्वविद्यालय के सबसे छोटी उम्र के इंग्लिश के प्रोफेसर थे।

लखनऊ के ही प्रोफेसर चक्रवर्ती की पत्नी यशोदा माँ कृष्ण-भक्त थीं। निक्सन उनसे इतने प्रभावित हुए कि सब कुछ छोड़-छाड़कर मिरतोला रहने लगे।

याद आया, अल्मोड़ा की हेमावती कॉटेज में एक बंगाली विद्वान थे अनिर्वाण। वह वेदों का बंगाली में अनुवाद कर रहे थे। एक और सज्जन थे बोशी सेन। वह जगदीश चंद्र बोस के शिष्य थे।

अजीब संयोग ही कहना होगा—एक समय, एक धरती, एक स्थल पर नाना रूपों की प्रतिभाएँ कैसे कहाँ-कहाँ से आकर जमा हो गई थीं। विलक्षण अनुभव था।

जरूर रहा होगा।

आरण्या अपने अतीत को साक्षात देखने लगी हो जैसे।

काठगोदाम से कौसानी तक की पैदल यात्रा कर चुकी हूँ। रामगढ़ से मुक्तेश्वर तक का पैदल सफर कभी नहीं भूलता। नाथुआखाँ से मुक्तेश्वर तक की खड़ी चढ़ाई। सामान उठाए दो कुली साथ थे। शीतला इस्टेट से ऊपर चढ़े तो उनकी चोटी का पसीना ऐड़ी तक टपकता था। उन दिनों मुझे चढ़ाई चढ़ने में कोई परेशानी न होती, पर उतराई से उतरना मुश्किल लगता ! हाँ, अगर आप तेज रफ्तार से दौड़ते हुए उतरते हैं तो थकन नहीं होती। जैसे पाँव बूढ़े होते हैं, वैसे दौड़ने से सकुचाने लगते हैं।

आरण्या जैसे मुक्तेश्वर की ओर देख रही हो !

सूरज डूबते जाने कैसा दोहरा-सा समय आकाश पर उतर आता है। गूढ़ अँधेरे का हल्का-सा उजाला और उजाले का झीना-सा अँधेरा !

ईशान गंभीरता से आरण्या का चेहरा टटोलते रहे कई क्षण—फिर आँख झपकी और कहा—दिलचस्पी हो तो इसके आगे की बात मेरे पास है। सुनना चाहेंगी ?

आरण्या ने सिर हिलाया—जरूर।

मैं उन दिनों प्रोबेशनर था और अल्मोड़ा में पोस्टिंग थी। एक दिन शून्यता को उनकी डाक और स्टाम्प सौंपने चला गया। शून्यता डैनिश नागरिक थे। उनकी आँखों का विस्तार और मौन स्वीकार देखकर महर्षि रमण ने उन्हें शून्यता नाम दिया था। पहुँचा तो देखकर शून्यता खुश हुए। चाय पिलाई। वह अपने मौन से ही मुझे बहुत कुछ कह रहे थे। जो कुछ भी कहा जा रहा था—बिना शब्दों के मुझ तक पहुँच रहा था। मेरे अंतर को खटखटा रहा था। एक बड़े विशाल लैंडस्केप में उनकी कॉटेज किसी स्वप्न-सी लगती थी। उसके सामने बाहर बैठे-बैठे शाम उतरने लगी। मैं उठने को हुआ कि शून्यता ने हाथ से संकेत दे दिया। बैठे रहो। फिर शिखरों की चोटियों को देखते-देखते कहा—

बर्फ कैसे-कैसे रंग बदलती है।

धीरे-धीरे साँझ फैलने लगी थी।

नीले निर्मल आकाश में चाँद भी सजा था। लगा यह लोक दुर्लभ है—इस लोक में मनुष्य-जन्म और भी दुर्लभ।

हम लोग कितनी देर बैठे रहे, कुछ पता नहीं। लंबी शाम जैसे एक युग रहा हो। एक ऐसी संपूर्णता जो कभी दोहराई न जा सके। आज भी देख सकता हूँ। निर्मल आकाश का चंदोवा, तारे, पहाड़, दूर गहराते शिखरों की चोटियाँ। सभी कुछ ऐसा पारदर्शी कि स्वयं भी स्वयं को देख सके ! शून्यता दो प्याले थाम बाहर आए तो भव्य लग रहे थे। पहाड़ों के आकार की तरह स्थिर, फिर भी हवा की तरह फुर्तीले।

तब जान नहीं पाया था कि मुझमें क्या घट रहा था ! शायद इतना ही कि कुछ विशेष ! वह 'विशेष' आज भी मेरे अंदर रचा है। आज जो मेरा मैं है, वह उसी शाम की देन है, यह जानता हूँ।

हम लगभग चौंककर दोनों एक साथ उठे थे। फाटक पर हम दोनों ठिठके थे एक साथ।

मुझे लगा, आत्ममंथन की यही घड़ी है। यही और यहीं।

शून्यता जैसे अपनी आँखों से मेरा मन पढ़ रहे थे।

धीमे, मगर स्पष्टता से कहा—हम सभी को अपने-अपने स्रोतों तक पहुँचना होता है। पहुँचेंगे। अब तुम्हें और नहीं रोकूँगा। चलो।

शून्यता मुसकराए थे, जैसे किसी बच्चे को छुट्टी देते हों।

ईशान देर तक खामोश बैठे रहे, जैसे उस क्षण से जुड़े हों।

पहाड़ के उस सुनसान में शून्यता का वह हँसना सचमुच किसी उन्मुक्त निर्मल झरने जैसा लगा था। दार्जीलिंग के रास्ते में जिस पगले झोरे की बात आप कर रही थीं—कुछ वैसे ही।

आरण्या, मुझ तक वह स्वर कुछ ऐसे पहुँचा जैसे पितृ-शक्ति का कोई अर्जित कण जीवित क्षण बन गया हो।

वह क्षण नितांत निज का, पवित्र और गोपनीय था। बरसों बाद भी उतना ही सूक्ष्म। सुख होता है यह जानकर कि मैंने उस अलौकिक पल को जिया। जी सका। कुछ घट रहा था जो उस निर्मल क्षण में तिरोहित था।

अल्मोड़ा से तबादला हो जाने के बाद मैं उन्हें लिखता रहा और उनसे जवाब पाता रहा। शून्यता लंबे-लंबे पत्र लिखा करते। मैं उन्हें स्टाम्प भेजता या स्टाम्प खाते में मुझे मात्र पाँच रुपए भेजने होते थे। इसका फैसला हम दोनों के बीच हो चुका था ! इस लीक को फलाँगने का हक मुझे नहीं था !

शून्यता ने एक पत्र में लिखा—ईशान, तुम सिर्फ अपने में ही नहीं हो, मुझमें भी स्थित हो। मैं हूँ न तुम्हारा स्थायी पता ! तुम्हें अपने में महसूस करता हूँ ! जानते हो किसलिए ? तुम्हारे निर्मल चैतन्य के लिए। याद रहे, नाम से ही नहीं, तुम शून्यता के भी ईशान हो, शिव हो। संबंध, अस्तित्व कोई भी हो उसकी पवित्रता सुरक्षित रहनी चाहिए !

आरण्या मन-ही-मन चौंकी ! प्राचीन हिंदू संवेदन !

ईशान आपकी उम्र क्या रही होगी !

यही पच्चीस-छब्बीस !

सामने की आँखों में नटखटपन देख ईशान गंभीरता से बोले—कभी-न-कभी शून्यता के शब्दों से इसका गूढ़ार्थ जरूर समझोगी ! वह अक्सर दोहराते, तुम संपूर्ण पुरुष नहीं हो सकते अगर स्त्री की तरह प्यार करना न सीखो।

ईशान आरण्या के चेहरे पर इन शब्दों की प्रतिक्रिया देखते रहे। वाह ! स्त्रियाँ तो चाहती हैं वह पुरुष की तरह का प्यार करना सीखें। उतना ही जितना करना जरूरी हो। अपने को उसकी आसक्ति में विलीन न कर दें।

दोनों लंबे क्षण तक एक-दूसरे को तकते चले कि अनायास आरण्या हँसी। सृष्टि के दो मन, स्त्री-पुरुष अलग-अलग दिशाओं से एक ही बिंदु को देख रहे हैं। देख रहे हैं कि मानवीय होने के एक-से अधिकार को पा सकें। जी सकें।

दो

मैं लाल-पीले रंगों से दुःखों को साकार करना चाहता हूँ।

किसने कहा था—याद क्यों नहीं आ रहा ! उम्र की गिनती घटाते चले जाने से भी स्मृति अपने वक्त पर मद्धम पड़ती चली जाती है। गिनती के फेर में से निकल आने के सिवाय अब कोई चारा नहीं ! हाँ, लाल-पीले रंगोंवाले शब्द संत-महात्माओं के नहीं हैं ! उसके हैं जो अपने अभावों को जीवंत रंगों में अंकित कर गया। कूची से दुपहर की गरमाहट अंकित कर गया। हार-हारकर जी उठने के लिए ! भला वक्त ने उसे इतना क्यों पछाड़ा ! शायद इसलिए कि बार-बार हताश हो और हर बार उठ खड़ा हो फिर से जीने के लिए। अभाव, दुर्दिन और दूर-दूर तक फैला रेगिस्तान। वानगो ! उस सूखे में से बहती रही रंगों-भरी कूची से ऊष्मा और ऊर्जा ! सूरजमुखी !

आरण्या, तुमने भी जो पाया-खोया, वह इतना विषादी तो नहीं रहा। बेमौसम कुछ-कुछ चमकता रहा। आलोकित करता रहा तुम्हारे गहरे अँधियारों को !

हर साँझ अपने होने से ढलती है और रात बन जाती है। रात पुरानी पड़ जाती है और सुबह बनकर नई हो उठती है। हर क्षण परिवर्तन के पंखों पर ! कभी अंदर

के नुकीले कोनों से कुछ बिंध जाता है तो कभी खँरोंचें, कभी लहू की बूँदों से छनकर आते आँसू। बदलते रहते हैं वह। मौसम पर स्मृति में टँके रहते हैं योग-संयोग। मन नहीं भूलता उसे जो शेष हो चुका है। पुरानी कड़ियों से सटा पड़ा है। लौटाओ, देखो और फिर पीछे पलटा दो।

ईशान के यहाँ की वह शाम कुछ ऐसी, मानो किसी उपन्यास को पलटते एक पन्ना फड़फड़ा गया हो। पुराना पीला पड़ा ऐसा कागज, जिसकी प्रकाशन तिथि को देख लेने से भी कोई फर्क नहीं पड़ता !

लगभग सप्ताह के बाद आरण्या ने ईशान को चाय के लिए आमंत्रित किया। ऐसे कि कोई औपचारिकता न हो।

फोन पर पूछा—क्या चाय ले चुके हैं ?

नहीं, तैयारी में हूँ। पानी चढ़ाने जा रहा हूँ।

आज मेरे साथ लें तो कैसा ! लगाने ही जा रही हूँ।

नीबू तो न चाहिए होंगे।

नहीं, अभी फ्रिज में हैं।

आरण्या ने चाय की ट्रे मेज पर रखी। साथ रखे मेवे और कम चीनी के बिस्कुट।

ईशान आए तो हाथ में शहद का टिन था और साथ थे नीम के पत्ते।

सुबह टहलते हुए तोड़े थे—धोकर पोंछ दिए हैं। चाहें तो फ्रिज में रख लें।

धन्यवाद ईशान, मैं नीम खाना पसंद करती हूँ।

यह जानकर हैरानी हुई कि आपको नीम का स्वाद बुरा नहीं लगता।

मैं मीठा-कड़ुवा दोनों चाव से खाती हूँ। मेरी बोली से अंदाजा लगाया जा सकता है ! यहाँ सिर्फ मीठा ही नहीं, कड़ुवा भी है।

वह हँसने लगी।

नीम और करेला खाते रहने से ही मिठाई की मिठास का लुत्फ लिया जा सकता है।

ईशान की आँखों से त्वरित गति से कोई संदेश उभरा और आरण्या तक पहुँच गया।

चीनी के कारण तो नहीं !

नहीं। अभी तक तो चैक-अप में नहीं निकली। आगे का कुछ मालूम नहीं। पुराने शरीर में कुछ भी खुराफात उठ सकती है।

प्लेट आगे की तो ईशान ने बिस्कुट उठाया। काजू की प्लेट परे सरका दी।

काजू से परहेज करना ही अच्छा है। इसमें हाई कोलेस्ट्रोल होता है। इसके बारे में एक रोचक किस्सा सुना था। कंपनी बॉस की उपस्थिति आपकी तरक्की में बाधा बन रही हो तो उसे जी भरकर काजू खिलाइए। वह सदा के लिए छुट्टी पा जाएगा और आप मनचाही कुर्सी पर पहुँच जाएँगे।

दोनों मिलकर हँसते रहे।

आरण्या ने केतली पर से टीकोजी उठाई।

नहीं, अभी चाय को गहराने दीजिए। इतने में आपको कुछ पंक्तियाँ सुना देता हूँ ! फाइल में से हाथ लग गईं तो लेता आया। सोचा आपको भाएँगी। हम लोग उस शाम शून्यता की बात कर रहे थे न ! उन्हीं के पत्र का अंश है।

"धन्य हूँ कि शुभ धवल हिमालय पर खड़ा हूँ।

कोई स्वप्न-सा लगता है।

जो भी है यह क्षण अब उसे ही समर्पित है।

यह क्षण, यह दिन, यह दुपहर। ऊपर हेलीकॉप्टर उड़ रहा है। ध्वनियों की पताकाएँ लहरा रही हैं।

बर्फीले पहाड़ों से कतरा-कतरा बूँदें झरती हैं और नदी बन जाती हैं।

ऊपर नीले आकाश में सूर्य चमकता है।

नीचे मैं अपने दो पाँवों पर खड़ा हूँ।

अवाक और कृतज्ञ।

हे परम प्रिय,

धूप और उजाले के देवता, प्राणिमात्र को अपने संचित कोष से इसी तरह अनुग्रहीत करते रहो।

सींचते रहो।"

शब्दों का तरल उदात्त कई क्षण कमरे को घेरे रहा। अंतर में रसता रहा। पल-भर को महसूस हुआ कि मैं ही खारदूला पर खड़ी हूँ और यह पंक्तियाँ दोहरा रही हूँ। कभी

सुनाऊँगी आपको जो मैंने लिखा।

यह टुकड़ा मूल अंग्रेजी में था क्या !

हाँ आरण्या, मैंने इसे देवनागरी में रूपांतरित कर दिया।

हिमालय हम भारतीयों के लिए सनातन है। इसका आख्यान ही हमारे राष्ट्र का आख्यान है। वह अभिभूत करता है, भयभीत नहीं।

डैनिश नागरिक होते हुए भी शून्यता ने हमारे ही संवेदन से इस विशाल चित्र-मुख को आँका है।

हिमालय एक संस्कार है—प्रगाढ़ और गहन, एक साथ !

क्षण-भर की खामोशी के बाद आरण्या ने कहा—

वैसे आज ही एक ज्ञापन देने जा रही हूँ नगरपालिका को कि हमारे प्राचीन फेफड़ों का भी कुछ खयाल करें। शहर का धुआँ हमारी आत्माओं को काला कर रहा है।

काम कैसा चल रहा है !

मैं मनमानियों की विशेषज्ञ हूँ। कभी रफ्तार इतनी तेज कि लगे ट्रैक में सबसे आगे हूँ। कभी इतनी धीमे कि सबसे पीछे पिछड़ी लगूँ।

उम्र के इस मोड़ पर तो अपने से संतुलन की अपेक्षा होनी चाहिए।

आप ठीक कह रहे हैं, पर जिस स्वभाव में मैं निबिद्ध हूँ वहाँ ऐसा उल्लेखनीय कुछ भी नहीं। फिर दुपहर ढल जाने पर—

नहीं, आप अभी भी दुपहर का प्रभाव उत्पन्न करती हैं ! आपके पास ऊर्जा का खासा स्रोत है।

मेरे होने के अर्थ मुझी में बने रहे हैं, शायद इसीलिए ऐसे देखी जाती हूँ।

नहीं, हम पुराने से आँखें चुराए-चुराए ही अपने गुण-दोष दोहराते रहते हैं। कभी अतीत के लिए लापरवाह और भविष्य के लिए शंकालु !

और कभी इन सबको भूल-भाल नींद में बेखबर हो जाते हैं। अपनी बात कहूँ तो मेरी सुबह की नींद ऐसी कि लगे ही नहीं कि मैं हूँ भी !

सुबह देर तक सोना अच्छा नहीं।

जानती हूँ, पर दशकों लंबी आदत को बदलना आसान नहीं।

ईशान बोले—आसन-व्यायाम देह को सजग रखते हैं। उम्र के इस छोर पर पहुँचकर

देह-संचारिणी सिकुड़ने लगती है। शिथिल पड़ जाती है, इसलिए किसी न किसी तरह की हरकत जरूरी है। रोज की सैर तो और भी।

जानती हूँ धावल्य और धुँधलके का फर्क ! वक्त है, कुछ पुराना भी कुछ नया भी। पुरानी आकृतियाँ ऐसे दीखतीं जैसे नई हों और नई कुछ ऐसे कि पुरानी हैं, और उन्हें सदा से जानती हूँ।

सपने में दीख जाती हैं अपरिचित आकृतियाँ। पहचान करना चाहती हूँ और वह कुहासे में विलीन हो जाती हैं। हाँ, कभी दीखता है शिलाओं पर से बहता निर्मल नीला जल।

मैं कभी नींद में देखता हूँ कि जो देख रहा हूँ वह स्वप्न है और यह भी कि वह स्वप्न नहीं है। और मैं खड़ा-खड़ा किसी दूसरे को अपनी तरह देख रहा हूँ कि वह रहा जो मैं हूँ।

दिलचस्प !

आरण्या देर तक ईशान को देखती रही। कौन है जो देख रहा है और कौन है जो दीख रहा है।

आप जैसा कह रहे हैं बिलकुल ऐसा ही नहीं, पर सोते-सोते मैं कभी अमलतास की लंबी कतार देखती हूँ। पीले फूल और ऊपर से लटकती हरी-हरी फलियाँ। लगता है मैं भी एक पेड़ हूँ—हरे-पीले से आच्छादित। हेली रोड की सुलगती सुहावनी सड़क पर कभी सुबह-शाम चला करती थी। शायद वही दिमाग में लुकी पड़ी है।

ईशान देर तक पुराने मुखड़े को देखते रहे।

पुरानी बात होगी पर उसे दोहराने की ललक कहाँ तक खींच लाती है !

जब आप दूसरों की दृष्टि का मर्म अपने में सोख लेते हैं तो अपनी आँख पराई हो जाती है ! मेरे होने का अर्थ मेरे निकट मेरे अपने हैं। शायद इसीलिए सीमित भी। मेरी अनिवार्यता मेरे अपने लिए है, क्योंकि मैं हूँ अपने आपमें।

ईशान चुपचाप इन शब्दों के पीछे का वर्चस्व देखने की ताक में व्यस्त रहे।

आरण्या असमंजस में अपने कहे गए पर ईशान की प्रतिक्रिया खोजने लगी।

नई चाय बनी और दोहरा ली गई।

आप इन दिनों दिल्ली के बाहर तो नहीं जा रहीं !

जी नहीं। अभी कोई प्रोग्राम नहीं !

मैं जा रहा हूँ—महीने-भर के लिए।

आरण्या ने उत्साहित किया—

यह तो अच्छा है। बीच-बीच में घूमते रहने से एक शहर की एकरसता उबाती नहीं।

बहुत घूमा हूँ पर अब परेशानी होती है।

क्या सफर की तैयारी से ?

दिनचर्या में खलल पड़ जाता है—इसीलिए।

अपना हिसाब ठीक इससे उल्टा है। यह सोचकर कि बाहर जाना है, मैं अपने में नया उत्साह महसूस करती हूँ। सूटकेस सदा जाने को तैयार !

जानता हूँ। एक नहीं—तीन-तीन !

यह कैसे जान गए आप ?

देखा है न आपको कई बार टैक्सी से लिफ्ट तक लाते ! चाहता रहा कि आपका हाथ बँटाऊँ पर आँख के कारण डॉक्टर की ताकीद है बोझ न उठाने की !

मैं पुरानी तर्ज की रेलयात्री हूँ। मेरी पूरी गृहस्थी मेरे साथ चलती है।

ईशान हँसने की जगह गंभीर हो आए। अब तो सामान को हलका करने का समय है !

आरण्या नटखटी में बोली—

दो-तीन घर बदलने में मेरा सामान आधा रह गया है।

जवाब में ईशान ने देखा-भर, जैसे कहते हों मैं कुछ और कह रहा था।

आपको कष्ट दे रहा हूँ ! मेरे मित्र जिन्हें मैंने यह काम सौंप रखा है, दौरे पर हैं सो यह लिफाफा आपके पास छोड़ रहा हूँ।

क्या टेलीफोन, बिजली के बिल हैं ?

नहीं, वह आफिस में जमा करवा दिए हैं। हाँ, कुछ भी कहीं अचानक घट सकता है। वह छुट्टी का दिन भी हो सकता है। मेरे लिए किसी को इंतजाम में असुविधा हो, यह उचित न होगा !

ऐसा क्यों सोच रहे हैं ईशान ! आप निश्चिंत होकर जाइए। कुछ होनेवाला नहीं !

यह हलकी बात नहीं, आरण्या ! मेरे मित्र मालवाड़े अमरीका से लौटते हुए लंदन एयरपोर्ट पर ही चिर-विश्राम पा गए। मिसेज मालवाड़े साथ थीं। भाग-भागकर बच्चों को सूचना दे सकीं। कौशिक और अलका भी लंदन पहुँच गए ! मिली हैं न उनसे ?

जानती हूँ। पर हम इस घटना को अपवाद क्यों न मान लें !

ईशान शांत स्वर में बोले—इसलिए कि हम पुकार लिये जानेवालों की पंक्ति में हैं ! जाना भी एक क्रिया है।

अंतिम न भी जोड़ें तो भी—हर किसी के लिए एक दिन मुकर्रर है। फिर पहले से ही फिक्र करने से फायदा !

आपकी सराहना करूँगा। लेकिन यह न भूलिए, मैं अकेला हूँ। आगे-पीछे कोई है

नहीं। इसीलिए आपको यह देने चला आया।

माफ करें—कह रही थी इसलिए कि आप अभी भी पुराने युवाओं के-से दीखते हैं।

आप ही की तरह। हम दानों की जन्मतिथि एक ही है।

अचरज ! पर आप तक यह जानकारी कैसे पहुँची।

हैं कुछ लोग जो कहीं से भी कुछ ढूँढ़कर ले आते हैं।

मुझे इस पर एतराज है साहिब, मुझे तो बरसों इस गिनती में से कुछ-न-कुछ घटाते चले जाना था। याद रखें, मैं आपकी उम्र की नहीं हूँ—छोटी हूँ। जन्म-तारीख में जरूर कुछ गड़बड़ होगी।

दोनों हँसते रहे।

सुबह की फ्लाइट से निकल रहा हूँ। लौटकर इस पर बहस होगी। हाँ, चैक और नकद दोनों रख दिए हैं। लिफाफे में वसीयत की कॉपी भी है।

आरण्या ने शब्दों पर जोर दिया—आपकी अमानत है और मेरे पास सुरक्षित है। लौटने से पहले इत्तला कीजिएगा—ताकि मैं आपका इंतजार करती रहूँ। इतना करने के लिए आपसे रेस्तराँ में चाय।

फिर कुछ रुककर—लौटकर यह काम वकील को सौंपना ठीक होगा।

ठीक कह रही हैं। वह इन दिनों यहाँ है नहीं। परिवार में कोई नहीं है सो आवाज देने की मेरी विवशता है।

ईशान के शब्दों ने आरण्या के हलकेपन को खींच लिया। चिंता से कहा—मुझे भी तो कुछ करना है।

चेहरा कुछ ऐसा कि कोई निर्णायक क्षण ही आ झुका हो।

फिर अपने को उबारने के लिए कहा—

हो सकता है हमारे जाने की तिथि भी एक हो !

और कुछ भी बताएँ जो एक-सा हो।

मेरी माँ का नाम दुर्गा था।

और आपकी का ?

दुर्गा ही। हाँ, पिताओं के नाम जरूर अलग होने चाहिए नहीं तो आईडेंटिटी का घपला हो सकता है। यहाँ नहीं, ऊपर।

गहरी हँसी दोनों की।

साढ़े चार, सुबह ही घर से निकलूँगा। बहादुर छुट्टी पर है सो ताली आपके पास छोड़ने की सोच रहा हूँ। इतनी जल्दी आपको उठने में परेशानी तो न होगी।

नहीं। मैं तब तक सोती नहीं। चाय पी रही होती हूँ।

ईशान गंभीरता से बोले—नियमानुसार कुछ काम करने जरूरी हैं। रात का सोना सबसे जरूरी। हाजमा ठीक से काम नहीं करता।

खासी गुजर चुकी। फिर पैदा होंगे तो देखेंगे। कितना अच्छा होता अगर कुछ बरस देर से आगमन हुआ होता तो अगली शताब्दी का भी मजा लिया जा सकता था।

दोनों सयाने एक-दूसरे को युवाओं की तरह देखने लगे। जैसे मन ही मन कहते हों—हाँ, हो तो सकता था !

तीन

हफ्ते-भर बाद पत्र मिला :

प्रिय आरण्या,

अब तक कबूतरों का दानापानी खत्म हो चुका होगा। ताली तुम्हारे पास है सो यह तकलीफ भी तुम्हें ही देनी होगी। बालकनी में मिट्टी के प्याले पड़े हैं। उनमें बाजरा और पानी भर दें ! किचन की खिड़की के पास पाइप पड़ा है। अगर गमलों को पानी दे सकीं तो आभार मानूँगा।

—ईशान

दस दिन बाद एक और पत्र :

प्रिय आरण्या,

इस बीच जल्दी लौटने का मन बना था, फिर किसी कारणवश रुक गया।

पिछली बार की तरह ही कबूतरों के लिए प्रार्थना कर रहा हूँ। वही कर दें जैसे पहले करती रही हैं। अपने मित्र द्वारा बनाया हुआ एक कार्ड भेज रहा हूँ। आशा है पसंद आएगा।

मेरे मित्र अस्सी से ऊपर हैं। अपने को कुछ-न-कुछ करने में व्यस्त रखते हैं। उन्हें मिलने गया तो तख्तपोश पर बैठे कार्ड पर पत्तियाँ चिपका रहे थे। इतनी एकाग्रता से कि उन्हें देखकर लगा कि अकेलापन ही संपूर्णता है ! संपूर्णता का अनुभव तो आपको भी होगा। उन्होंने जब कार्ड बनाकर मेरी ओर बढ़ाया तो मोरपंखी की कटावदार पत्तियाँ मुसकराने-सी लगीं।

मुझे दो कार्ड भेंट किए—एक आपके लिए !

आशा है आप सकुशल हैं और खुश हैं !

—ईशान

शाम आरण्या बाजार से बाजरा ले आई।

दरवाजा खोल कबूतरों को दाना डाल दिया।

नल में पाइप लगाकर पौधों को पानी दिया। रबर का पौधा हरा है। विद्या के लंबे हरे-हरे पत्ते भी।

एक नजर इधर-उधर मारी। घर में अतिरिक्त कुछ नहीं। मितव्ययिता। जैसे जीने-भर को जिया जा रहा हो—सुविधाओं को नहीं। शेल्फ की ओर झाँका। कृष्णमूर्ति भी। नहीं-नहीं, यहाँ किसी दुख की छाया नहीं। परिंदे चहक रहे हैं। अकेले घरों का एकांत भरे-पूरे घरों से कितना अलग ! झीना मगर सुथरा ! और घड़ी के साथ-साथ धड़कता हुआ।

और—और अकेला।

अकेला ही।

परिचित हूँ न इससे—तभी देख पा रही हूँ।

आरण्या ने हाथ में बोर्डिंग कार्ड लिया और कुर्सी छोड़ खड़ी हो गई। इस अनाउंसमेंट के साथ ही अनगणित स्थगित इकाइयाँ गतिमान हो गईं। चुस्त सरकते कदम, कंधों पर लटकते बैग और हाथ में बोर्डिंग कार्ड। भुवनेश्वर, भोपाल और दिल्ली जाने वाली फ्लाइट नंबर आई. सी. 434 के यात्रियों से निवेदन है कि वे गेट नंबर दो की तरफ

प्रस्थान करें।

एयरपोर्ट की निरंतरता। अनोखा है यह आवागमन का जादू। आ रहे हैं—जा रहे हैं—चैक इन-सिक्योरिटी लौंज—इंतजार और फिर बोर्डिंग के लिए प्रस्थान ! यात्री... यात्राएँ...हर रोज, हर दिन, हर रात—यहाँ कोई वक्त असाधारण नहीं—सूरज उदय होता हो या ढलता हो—शुक्ल पक्ष हो या कृष्ण पक्ष हो—फ्लाइट्स आकाश को मापती हुईं लैंड करती चली जाती हैं। दुनिया-भर के एयरपोर्ट दिन-रात गुंजान रहते हैं। सुखद है कि हम सयानों को भी यह हवाई कंसेशन उपलब्ध है ! इसे पा भी लेना सिर्फ दो दिन में ! विलक्षण !

कनॉट प्लेस के एयरलाइंस ऑफिस के काउंटर पर का अनजान चेहरा आँखों में घूम गया ! कार्ड आरण्या की ओर बढ़ाते हुए उसने शुभकामनाएँ दी थीं। कार्ड की जन्म-तारीख देखकर उसे जरूर अंदाजा रहा होगा कि कंसेशन-फार्म वरिष्ठ, पुराने नागरिक के लिए लगभग कितनी देर कारगर होगा ! यह वह श्रेणी है जिसकी हर रियायती यात्रा संयोग पर निर्भर है।

फ्लाइट तीन घंटे लेट थी। बारह बजे पालम पर उतरेगी। घर तक पहुँचने में एक घंटा और।

घर पर पंद्रह दिन की अनुपस्थिति के बाद। सफाई के लिए ताली भी किसी को नहीं सौंपी ! वह ईशान के पास ताली छोड़ना चाह रही थी लेकिन देने गई तो दरवाजे पर बहादुर मिला था।

साहिब हैं क्या ?

जी नहीं। कल सुबह की फ्लाइट से आ रहे हैं। कुछ काम ?

नहीं। शुक्रिया।

आरण्या ने ताली पर्स में ही रहने दी।

बिना सफाई के भी सोफे पर सोया जा सकता है। जरा-सी लापरवाही और मुस्तैदी में मालिक के समेत सब कुछ का सफाया भी हो सकता है। दिल्ली की धूल से इतने परहेज बहुत महँगे पड़ा करते हैं। खिड़की वाली सीट पर से बाहर देखने पर अंतहीन अंधकार का विस्तार ! विमान का एक पंख दीख रहा है जिस पर उड़ान अनोखी गरिमा और गति से आसमानों में फैली दूरियों को समेट रही है ! बीच-बीच में चमकते तारे दीखते हैं। ऊपर इतने सितारे कि धरती का हर प्राणी एक-एक को अपना मान ले।

जो भी हो इस सृष्टि का हिसाब-किताब ऊपर वाले के हाथ में। वही इस आवाजाही

विभाग का अध्यक्ष है।

आरण्या कुछ देर पत्रिकाएँ पलटती रही। स्वागतम् देखा, फिर आँखें मूँद लीं।

पंद्रह दिन की अनुपस्थिति के बाद घर में कुछ मिलेगा क्या ! हाँ—चाय का प्याला ! चाय, पाउडर मिल्क, बिस्कुट !

कोणार्क का भव्य मंदिर आँखों के आगे आ खड़ा हुआ। देखने का सुख और संतोष ! पुराने गाइड का दिलचस्प वाक्य-विन्यास ! देखिए—अंदर पत्नी खड़ी है, बाहर दूसरी औरत उसकी राह देख रही है। पति उसे संकेत दे रहा है और पत्नी का वैमनस्य-स्तोत्र शुरू हो जाता है। स्त्री का घृणा-पुराण !

आरण्या मन-ही-मन हँसी थी। इसके बाद गाइड ने दिखाई थी वह वाटिका जहाँ घर से निकल पुरुष मन की शांति के लिए विश्राम कर सकता था।

बंद आँखों ने स्वयं ही दृश्य पलट लिया ! सागर, लहरें और भीगी रेत से अटा तट !

लहर आई और उसकी जूती समेट ले गई ! उसके लौटने के इंतजार में वह देर तक खड़ी रही थी !

यह क्या !

नींद में देखा एक मजबूत, कड़ा हाथ उसके पर्स पर है ! सिर्फ हाथ ! चेहरा कहाँ है ! चीखकर कहा—कौन हो तुम ?

हड़बड़ाकर आँखें खोलीं और पाया, अपना ही हाथ पर्स के हैंडल को कसकर पकड़े हुए है।

दिन-भर घूमना और शाम इस उड़ान के लिए इंतजार। थकन नहीं तो एक साथ ऐसी उत्तेजना और पस्ती का क्या कारण हो सकता है !

आरण्या ने पर्स खोला। पहले सब कुछ चैक किया, फिर पर्स के अंदर का उलट-फेर शुरू हो गया। रुपयोंवाला दोहरा बंद लिफाफा बड़े खाने से अंदरूनी छोटे में रख लिया। बाहर की बड़ी ज़िप खोलकर कुछ चेंज रखी। अंदर की चोर पॉकेट में रिजर्व रखे नोट डाल दिए। आश्वस्त होने को काम्पेक्ट निकाल चेहरा देखा। बाल ठीक किए और बेचैनी की वजह खोजने लगी। वहाँ सब ठीक हुआ। लोग खुश थे। सौम्य और उनकी पत्नी और भुवनेश्वर का जागरूक समुदाय। समारोह के बाद उसके मन में नरम-सी हवा चलने लगी थी। जैसा चाहा था आयोजन वैसा ही संपन्न हुआ। और अब उभरकर चटखने लगीं भूली-बिसरी पुरानी यादें !

धीमे-धीमे किसी मुखहीन आकृति की तरह मन में कुछ रेंगने लगा ! सब कुछ अप्रत्याशित और बेमौसम। खिड़की से बाहर आँखें गड़ा लो। जाने कहाँ तक फैला आकाश दिन में अपने को धूप में व्यक्त करता है—दर्शाता है और रात को गुपचुप

एकांतों के रहस्य को और गहरा देता है।

अब हमारी उड़ान का कंसेशन अपनी रियायती दिशा-मंजिल की ओर उन्मुख है।

एयर-होस्टेस की आवाज गूँजी।

हम लोग कुछ ही देर में पालम पर उतरनेवाले हैं। कृपया कुर्सी की पेटी बाँधे रहें। यात्रियों से निवेदन है कि वह ऊपर के काम्पेक्ट न खोलें। आशा है आपकी यात्रा सुखद रही। बाहर का तापमान आठ डिग्री सेल्सियस है।

रन-वे पर सरकता वायुयान स्थिर हो गया। हलचल ! बीच के पैसेज में यात्रियों का क्यू नीचे की ओर बढ़ रहा है।

प्रवेश द्वार पर सुंदर सजीली एयर-होस्टेस हाथ जोड़ मुस्कराकर नमस्कार कर रही है ! शुभरात्रि।

नीचे पहुँच जल्दी-जल्दी पैसेज पार किया। ट्राली खींची। ट्राली पर हाथ टेके सामान का इंतजार किया। सूटकेस और बैग ट्राली पर रख टैक्सी का कूपन लिया और ट्राली खींच बाहर आ गई।

अब पैरों में अतिरिक्त तत्परता और आँखों में चौकन्नापन ! सूटकेस और बैग डिक्की में रखवाया और पर्स कंधे पर लटकाए टैक्सी में बैठ गई।

सड़क लंबी, जानी-अनजानी। हर बार सफर को जाते और लौटते हुए—घर पहुँच जाने का उत्साह।

कभी सफदरजंग हवाई अड्डे के रेस्तराँ में चाय पीने के लिए कितना चाव हुआ करता था ! हाथ में चाय का प्याला लिये—सामने हवाई पट्टी पर से उड़ानें भरते जहाज, उड़ाकुओं को प्रशिक्षण देते। अब कितनी पुरानी बात लगती है ! जगमगाती बत्तियों की आँख-मिचौनी ! वह दिन, वह मौसम क्या हुए ! कहाँ गए। कहाँ गए अपनी उम्र के वह ताजे दशक ! आरण्या ने अपने को घुड़का ! क्या सचमुच तुम्हें नहीं मालूम कि वह दिन इस शहर के भूगोल में कहीं खो चुके !

बरसों-बरसों स्टेशन या एयरपोर्ट से लौटना और अपने को, घर को मुसाफिरी में ढाल लेना।

छोटी-बड़ी कोशिशों के उघड़ने के दिन। चाहतों और सीमाओं को संग-संग अबूर करने के दिन ! युवा दिनों का उत्साह और उखड़े-उलझे दिनों का खुरदरा निर्वाह। आर्थिक बोझ और क्षमताओं का विस्तार एक साथ। दोनों पलड़े बराबर दीखते मगर कभी यह ऊपर, कभी वह ऊपर।

घड़ी में पाँच बजते और दफ्तर की सिरदर्दियाँ मेज़ की ड्रार में बन्द कर दी जातीं। कल।

मित्रताएँ सड़कों को मापतीं और उन दिनों मंजिल होती कनॉट प्लेस। रेस्तराँ के चुनावों के फुरफुरे खूबसूरत दिन !

स्टैण्डर्ड, गेलार्ड, वोल्गा, एम्बैसी, लाबेहेम, निरूला, यॉर्क, गिंजा, एल्पज़ मेडन्स। महीने के अन्तिम सप्ताह में काफीहाउस या टी हाउस। कटौतियाँ और खर्च एक साथ।

कहाँ का बैण्ड अच्छा है, पाइन ऐप्पल और जंगल डीलाइट पेस्ट्री कहाँ की बेहतर है, चीज़ बाल और पनीर पकौड़े कहाँ के मनपसन्द हैं। किस रेस्तराँ के सैण्डविच और फ्राइड-फिश; वैंगर्स की कोल्ड ड्रिंक मिडनाइट ब्यूटी और सिन्धिया हाउस वाले मिल्क बार की डस्टीरोड आइसक्रीम।

मौसमे बहार के वह सुहावने दिन !

इतवारी सुबह की बैठक 11 बजे की काफी पर जुड़ती और लंच तक खिंच जाती। कभी लंच ले रहे होते तो सिनेमा टिकट जेब में होते ! प्रोग्राम बनते सलीके से और सलीका उभारा जाता गिनी-चुनी तन्ख्वाही रकम में। न रत्ती भर कम और न ज्यादा। नई दिल्ली का वेतनभोगी वर्ग और उसके संस्कार सँवार—सब एक-दूसरे से उलझे रहते। खर्च के मीटर पर निगाह बनी रहती और सावधानी से किया जाता छोटी-बड़ी सुविधाओं का सत्कार।

नई पुरानी दिल्ली अपनी घनी सजीली छब में हर हाल में अपनी सूरत और सीरत सँभाले रहती। आज़ादी के साथ ही राजधानी में बाढ़ की तरह एक रेला उठ आया। आक्रामक विस्थापितों के ठट्ठ के ठट्ठ। यहाँ वहाँ सब जगह। शहर के हर इलाके में। दिल्ली-निवासी शरणार्थियों की भीड़ से परेशान और गाँव-कस्बों और शहरों से उखड़े हुए आक्रामक शरणार्थी—दिल्ली के सुसंस्कृत मिज़ाज में धूल-भरी आँधियाँ चलने लगीं।

देखते-देखते पटरी पर लगती तरहदारी दुकानों के अन्दर जा पहुँची। पगड़ी। दुकानों के पुराने मालिक नई दिल्ली की ओर बढ़ने लगे।

शहर में चलती ट्राम और किनारे-किनारे बिछी उसकी पटरियाँ देखते-देखते गायब हो गईं। चाँदनी चौक के पेड़ों की कतारें काट कर गुम कर दी गईं। पटरियों पर सिगड़ियाँ जलने लगीं। दाल और रोटी पकने लगीं। लाल किले का लाहौरी दरवाजा खामोशी से देखता रहा। और देखते रहे दिल्ली के बाशिन्दे भी। शहर को घेरे हुए पुरानी फ़सील के कई हिस्सों का सफ़ाया हो गया। पुरानी दिल्ली वालों की शहर से बाहर बनी

बगीचियाँ तेज़ी से बिकीं और देखते-देखते मास्टर प्लान में गुम हो गईं। गाँव की कायापलट हो गई।

दिल्ली अंचल में फैले 304 गाँव बड़ी-बड़ी बस्तियों में तब्दील हो गए ! उनके नाम पर रह गईं सड़कें या छोटी-छोटी दुकानें।

और उन्हीं की तरह उन दिनों के हम ताज़े नागरिक हम जैसे सयानों में बदल गए।

वक़्त की रफ़्तार।

दौड़ में थे तो अन्दर थे। दौड़ से बाहर हैं तो बाहर। निपट बाहर ! टैक्सी की तरह भाड़ा देकर बैठे हैं उसके अन्दर और सड़कों को तय करते हुए भी सड़कों से अलग।

नए वक़्त और पुराने हम।

चुप्प ! क्या बीत गए को याद कर अपने में निराशा जगा रही हो ! दूर रहो इससे।

बाहर देखा—बत्तियों की कतारों में सड़कें दमक रही हैं। कभी किचनर हॉस्टल का यह इलाका वीरान हुआ करता था। अब दूतावासों की मौन आसूदगी और धीमे कोलाहल में रचा-बसा है।

आगे की सीट पर ड्राइवर और क्लीनर को दिलचस्पी से देखा। रात दस के बाद ड्राइवर को क्लीनर की जरूरत पड़ सकती है। उन्हें पीछे बैठी सवारी से भी खतरा हो सकता है। अकेली सवारी को कोई खतरा नहीं। टैक्सी प्री-पेड है। घड़ी पर नजर मारी। बारह बीस ! कम-से-कम बीस मिनट और।

ओवरब्रिज की ढलान से गाड़ी तेजी से उतर रही है। जाड़ों की रात का अजब-सा डरावना मगर मोहक सन्नाटा।

सहसा ड्राइवर ने ब्रेक लगाई। गाड़ी जैसे किसी के हुक्म से रुकी हो।

आरण्या ने पूछा—क्यों ड्राइवर साहिब...

पिछली खिड़की के शटर पर खटखटाहट...

इससे पहले कि आरण्या कुछ सोचे, ड्राइवर ने हाथ पीछे फैला कर शटर नीचे कर दिया।

अपना सामान दिखाओ। इधर लाओ पर्स।

आप हैं कौन !

पुलिस।

अपना आइडेंटिटी कार्ड दिखाइए।

मेरी आइडेंटिटी जानना चाहती हैं, मैडम।

खोलकर बताऊँ ?

चाकू चमका हाथ में। देखा है न यह !

हाँ, पर मेरे पास ऐसा कुछ नहीं जो तलाशी के लायक हो।

जिरह बंद करो...

मजबूती से पकड़ा पर्स मजबूत हाथ से खींच लिया गया।

डिक्की खोलो। आवाज कड़की।

क्लीनर ने तेजी से नीचे उतर डिक्की खोल दी।

सामान उठा लिया गया और पिछली सीट का दरवाजा बंद हो गया।

जाओ छोड़ दो इस मुर्गी को इसके घर। रास्ते में कम्पलेंट को रुकी तो पुलिस चौकी से वापस नहीं जाएगी।

संतरी की परछाईं अभी भी वहीं खड़ी थी।

गाड़ी स्टार्ट हो गई।

ड्राइवर ने गर्दन पीछे मोड़ी—वर्दी में जरूर थे मेम साहिब, पर असली पुलिस नहीं।

अगले मोड़ को पार करने के बाद कहा—ड्राइवर साहिब, यह तो प्री-पेड टैक्सी है न !

मैडम, हम क्या कर सकते थे ! पुलिस की वर्दी में लुटेरे रोक लें तो बताइए हम क्या करें ! चाकू तो आपने भी देखा था न ! मैडम, मुफ्त में जान गँवाने से फायदा ?

मिलीभगत !

उनके इशारे पर गाड़ी तो आपने ही रोकी।

ऐसे में हम क्या कर सकते थे मेमसाहिब ?

आप न रुकते तो वह कैसे पीछा करते, वह तो पैदल थे।

जी नहीं, दूर गाड़ी खड़ी थी।

मैडम, सामान जरूर आपका गया है लेकिन आपके साथ कुछ इतना बुरा नहीं हुआ। यह लोग जो कर गुजरते हैं—क्या बहुत कीमती सामान था, मैडम ? कैमरा, जेवर...

बकवास बंद करिए—और गाड़ी पुलिस स्टेशन ले चलिए।

हम आपको पुलिस स्टेशन से दूर उतार देंगे। हम इस चक्कर में नहीं पड़ेंगे। हमारे काम का वक्त है।

आपको जाना पड़ेगा।

आरण्या अपने दबाव में थी। प्री-पेड टैक्सी की एंट्री है।

ड्राइवर साहिब ने इस बार हमदर्दी से कहा—मेम साहिब थाने में बैठे-बैठे ठिठुर जाएँगी—किसी को फोन करना चाहेंगी तो फोन चालू नहीं मिलेगा। थाने में देने-दिलाने

के लिए आपके पास कुछ भी नहीं है। ऐसे हाल में आप जैसी सवारी का घर पहुँच जाना ही ठीक है।

आरण्या के कानों में अपने ही कलेजे से गोली की आवाज सुन पड़ी। काश कि मेरे पास लाइसेंस होता ! पर नहीं है।

उसने पटरी बदल ली।

बाहर सड़क की ओर देखा।

गाड़ी घर की ओर बढ़ रही थी।

अगर कोई फ्लाईंग स्क्वैड गुजर जाता !

फाटक पर चौकीदार ने रुकने के लिए हाथ दिया। रजिस्टर उठाया।

आरण्या ने ड्राइवर से कहा—गाड़ी यहीं रोक दें !

साहब, सामान लिफ्ट तक ले जाने में दिक्कत होगी...

सामान नहीं है।

फाटक के अंदर पहुँचते ही एक लंबा साँस लिया।

घर की चाबी भी पर्स में ही थी।

कुछ देर असमंजस में लिफ्ट के आगे खड़ी रही फिर दूसरे ब्लॉकवाली लिफ्ट की ओर बढ़ गई।

ईशान की बैल बजाने के अलावा कोई चारा नहीं।

एक बज चुका है !

कहीं और !

नहीं। कहीं भी और जाने का वक्त नहीं।

आरण्या ने घंटी पर हाथ दिया।

बजती रही देर तक !

दरवाज़ा खुला।

इस समय !

ईशान की आवाज में विस्मय और रुखाई दोनों ही। आँखों में अजीब-सा उनींदा अटपटापन !

एक बज चुका है। क्या फ्लाइट लेट थी ?

जी।

और सामान कहाँ है ?

कुछ गड़बड़ हुई। कल सुबह बात करेंगे। हाँ, मुझे यहीं रुकना होगा ! घर की ताली नहीं है ! इसीलिए यहाँ–

ईशान आशंकित मगर खामोश हुए रहे।

उड़ते हुए क्षण की सोच के बाद कहा–

गैस्टरूम में बिस्तर बदला हुआ है। आज धोबी के आने का दिन था। रजाई पतली है–कंबल और चाहिए होगा।

ईशान अपने कमरे की ओर गए–अलमारी खुलने की आवाज और कंबल सोफे पर रख दिया गया।

घंटी की आवाज सुन सका–यह अच्छा हुआ–फ्रिज में कुछ फल हैं। चाहें तो आप चाय बना सकती हैं। दूध, चीनी, सब सामने शेल्फ में मिल जाएँगे।

अच्छा। गुडनाइट।

गुडनाइट...

खाने की मेज पर पड़ी ट्रे। दो गिलास। नीबू। शहद। थरमस और छुरी। चम्मच।

नए दिन की शुरुआत।

आरण्या कुछ देर ड्राइंग रूम में खड़ी-खड़ी देखती रही।

पर्स नहीं–ताली नहीं ! ताली बहादुर को सौंप दी होती तो रात घर में सो सकती थी।

संदेह से देखने लगी थी वह बहादुर के विश्वास को। अकारण शक करने का नतीजा ऐसा ही होता है। क्या सोचा था कि कोई बहादुर-सा आदमी बहाने से तुम्हारा घर उड़ाकर ले जाएगा !

नहीं। मात्र अपनी सुरक्षा का मामला था।

क्या पता सामान लौट-पलटकर मुझ तक पहुँच ही जाए ! कभी जी.पी.ओ. पर एक बॉक्स लगा रहता था। चुराए गए खाली बटुए, पासपोर्ट, तालियाँ जेबकतरे उसमें डाल जाते थे। कीमती सामान–पैन, घड़ी, नकदी को छोड़कर किसी को परेशान करने में दिलचस्पी उन्हें न थी। क्या अब भी ऐसी शिष्टवृत्ति बाकी होगी ?

कहाँ भटक रही हो ! यह पॉकेटमार नहीं, लुटेरे हैं ! कौल साहिब को फोन कर सकती थी। इस वक्त !

नहीं। एक तीस हो चुके हैं !

हल्की-सी प्रभाती नींद के बाद आँख खुली।

हाथ बढ़ा टेबल लैंप ऑन किया।

साढ़े चार।

सो जाओ।

करवट ले आरण्या फिर बेखबर हो गई। सामान खो जाने की थकन।

कुछ बटोरने को मानो हाथ बढ़ते हों और खाली लौट आते हों। कहाँ होंगे मेरे कपड़े ! शायद कबाड़ी बाजार में बिकेंगे। नहीं--इस हफ्ते नहीं--इतनी जल्दी नहीं। वक्त लगेगा। जरूरी नहीं इसी शहर में--उन्हें पहनेगा कौन !

बाथरूम में जा हाथ-मुँह धोए। बार-बार। जैसे पिछले कुछ घंटों का प्रदूषण धो लिया जाना जरूरी हो। ताजे तौलिये से मानो संतोष का स्पर्श किया हो।

अपने अंदर ताजगी महसूस की। किचन में जाकर चाय बनाई और घूँट भरते हुए अपने को अपना-सा महसूस करने लगी। सपना ! वह पूर्वाभास था ! मेरे पर्स पर पड़ा वही मजबूत हाथ था ! पहुँच रहा था मेरी ओर ! मुझे पुलिस स्टेशन जाना चाहिए था। रिपोर्ट लिखवानी चाहिए थी। मगर इसकी गुंजाइश ही नहीं थी। जेबी टार्च भी होती तो एक बार उन वरदीवालों का मुँह-माथा तो देख लेती ! ड्राइवर और क्लीनर उन्हीं के साथ थे, उनसे अलग नहीं, बाहर नहीं। उस पर पुलिस की खाकी गर्म वर्दी।

शायद संडे बाजार में खोज सकती हूँ अपने कपड़े ! वहीं बिकेंगे। वहीं पटरी पर।

वैसे भाई लोग सूटकेस खोलकर निराश ही होंगे। पहनने के तीन जोड़े। शाल, जर्सी, बैग में दो फाइलें और पर्स में हजार-भर। साथ ही सीनियर सिटीजन का रियायती कार्ड।

ताली को भूल रही हो ! वही है तुम्हारी सब से बड़ी सिरदर्दी ! खतरे से खाली नहीं। ताला बदलवाना पड़ेगा। खर्चे के अलावा दौड़-भाग करनी होगी सो अलग।

अचकचाकर सामने देखा। खिड़की के काँच पर लहरा रही है कोई परछाईं। हवाएँ-हवाएँ, जीवन में ऐश्वर्य और दरिद्रता एक साथ। चुप्प ! यह किसी भी रहस्योद्घाटन का समय नहीं !

सन्नाटे के शोर को अपने में खोजो। वही तुम्हारा निज का आख्यान है।

जो भी है मैं अपने अंदर एक गहरी तृप्ति महसूस करती हूँ जो किन्हीं भी संबंधों और मित्रताओं से अलग है।

फिर क्यों उन्हें आवाज दे रही हो जो खुद तुम्हारे अंदर तुम्हारे विरुद्ध घात लगाए

रहते हैं।

मुझी में मेरे कई संस्करण छिपे हैं। अक्सर नहीं दीखते। दीखते हैं तो मुझी पर गुम हथियार दाग देते हैं !

क्या कोई दुश्मन।

नहीं, कभी-कभी विपरीत की मैत्रियाँ भी मैत्री नहीं उभारतीं।

और ईशान।

एक सघन सजग परिचय।

वह हाथ कैसे दीखा मुझे ! मैं तो उड़ रही थी। जमीन पर नहीं थी।

पाँव में गर्मी महसूस की। कंबल से बाहर निकाल लिये पैर और गले तक अपने को ढाँप लिया।

अपने ही फ्लैट का-सा कमरा। वही नक्शा, वही माप, वही आकार...फिर भी नया !

नया क्या है भला इसमें !

अब आराम करो।

टैक्सी वारदात को अपने बाहर छोड़ दो। बारीक अँधियारी आहटों से बुनी रात की आवाजें !

कार का स्टार्ट होना।

फाटक से अंदर आती गाड़ी पर ब्रेक—चौकीदार के जूतों का शोर—

ईशान के गैस्टरूम का गहराता ग्रे सन्नाटा। अपने घर से अलग एकांत। पारदर्शी। अपने यहाँ का गाढ़ा-गुत्थीला ग्रे जाने अपने में क्या-क्या सोखे हुए !

हम दोनों में कितना फर्क।

वहाँ अपने सिवाय सभी कुछ लीक से आजाद और यहाँ अनुशासन की मूठ में करीने और कायदे से स्थित।

आँखें खोलीं तो बालकनी से अँधियाली रोशनी छिटक उठी थी। दरवाजे पर लटकती ताली ने जैसे ढाँढ़स बँधाया। मेरी खो चुकी है—यहाँ की दीख रही है।

ईशान कुछ गुनगुना रहे हैं। किन्हीं प्राचीन पंक्तियों का उच्चारण कर रहे हैं।

मेरी सुबह की शुरुआत से कितना दूर और अलग।

तनोतु क्षेमं नस्तववदन सौंदर्य लहरी
परिवाह स्रोतसरणीव सीमान्तसरणी।

बहन्ती सिन्दूरं प्रबलकबरी भारतिमिर
द्विषां वृन्दै बन्दीकृतमिव नवीर्नाक किरणम्।।
तवाधारे मूले सह समयया लास्यपर्यया
नवात्मानं मन्ये नवरस महाताण्डवनृतम्।
उमाभ्यां एताभ्यां उदयविधिमुदृश्य दयया
सनाथाभ्यां जज्ञे जनकजननीमदिदम् जगत्।।

दुर्गास्तुति प्रभात के एकांत में गूँजती रही। आरण्या सिरहाने पर सिर डाले अपने चाय के प्याले की तलब को याद कर मुसकराई। उसके सिवाय कोई और नित नियम तुम्हारा नहीं।

संस्कारी और संस्कारविहीन। दो अलग-अलग किस्में—जातियाँ।

सुहाती झोंक में लगा कुछ हलचलों के बाद बाहर का दरवाजा बंद हुआ है।

ईशान सैर के लिए निकल चुके हैं।

लौटने तक इंतजार करना होगा !

लेटे-लेटे नजर एक बार फिर ताली पर पड़ी। दरवाजा खोल बाहर जा सकती हूँ और इसी ताली से अपना गैस्टरूम खोलने की कोशिश कर सकती हूँ। अंदर से चिटकनी लगी हो तो कुछ भी कारगर नहीं होगा।

आरण्या उठ खड़ी हुई।

बिस्तर बना बेडकवर डाला। कंबल तिहा कर पैताने रखा और बाहर निकल ताली से दरवाजा बंद किया और वाक-वे से होती हुई अपने फ्लैट पर जा पहुँची।

गैस्ट रूम के दरवाजे पर ताली घुमाई और दरवाजा खुल गया।

एक लंबी साँस निश्चिंतता की।

ताली निकाली। कमरे के अंदर से घुमाई और वहीं लटकी रहने दी।

तालियाँ छीन ली जाती हैं। गुम हो जाती हैं। फिर कहीं न कहीं मिल भी जाती हैं।

दीवान का कवर झाड़ा और सिरहाना दोहराकर रजाई खींच ली। बिछौने में जैसे अपने घर की सुगंध उमगने लगी। उसी से घिर आई सुबह की नींद।

घर।

चार

हैलो।

हैलो...

फोन पर ईशान थे।

बहुत दिन से हम लोग मिले नहीं। मालूम था आप व्यस्त हैं सो आपको परेशान करना ठीक नहीं समझा।

कैसी हैं !

अच्छी हूँ !

आरण्या हँसी।

आपके कहे मुताबिक दूध के साथ हल्दी खा रही हूँ।

ऐसा ! क्या पूरा वक्त यही चल रहा है ?

नहीं-नहीं, ऐसा नहीं पर इन दिनों हरी हल्दी लेना दिनचर्या का मुख्य अंग तो है ही।

वाह ! क्या बाकी सब गौण कर दिया है ?

जी नहीं, पहले हल्दी छीलो, पीसो। प्याले में डालो। दूध मिलाओ। ऊपर से शहद का चम्मच ! बोतल का ढक्कन भी तो खोलना पड़ता है ! तब कहीं जाकर चम्मच मुँह तक पहुँचता है। शुक्र है खरल में पीसना नहीं पड़ता।

लगता है आप बहुत आलसी हैं !

हूँ तो।

खाने का आधा सुख उसे तैयार करने में है।

होगा जरूर पर मैं अपने को उससे कुछ दूर ही रखती हूँ।

मैं अपना सब काम हाथ से करना पसंद करता हूँ और संतोष पाता हूँ !

सचमुच में आधुनिक हैं। नहीं तो प्राचीन भारतीय गृहस्थों की तरह—सब कुछ दूसरे करें। आपके एक काम में दस हाथ जुटे हों तो आपका रुतबा सुरक्षित है।

ज्यादा चाय सेहत के लिए अच्छी नहीं।

जी हाँ, सेहत के लिए ही—

क्यों न हल्दी में दूध मिलाकर एक दूसरे के स्वास्थ्य की कामना करें।

उल्लास—उल्लास—आयुर्वेदिक उल्लास !

दोनों कई देर हँसते रहे।

ईशान ने याद दिलाया। टेलीफोन का बिल आ गया है न। अभी तक दिया न हो तो चैक नत्थी कर मेरे लैटर बॉक्स में डाल दें। मुझे कल देने जाना है।

धन्यवाद ईशान, मेरे सिर से एक बड़ी सिरदर्दी उतर जाएगी।

क्या सचमुच इसे एक बड़े विशेषण की जरूरत है।

अपनी लापरवाही के चलते तो है ही। बिल आते हैं, देखती हूँ और सँभालकर रख देती हूँ कि भूल न जाऊँ। भूल जाती हूँ, फिर नया बिल बनवाने के लिए क्यू में खड़ा होना पड़ता है।

टैग में डालकर दीवार पर लटका दिया करें। आँखों के सामने होगा तो याद रहेगा।

इसे भी आजमाकर देख लूँगी।

नाश्ता हो चुका ?

अभी नहीं।

ग्यारह बज चुके हैं। सुबह के नाश्ते को गंभीरता से लेना जरूरी है।

आप ठीक कह रहे हैं पर मैं अपनी बुरी आदतों से छुटकारा अब कहाँ पा सकती हूँ।

शाम फलों की दुकान से आरण्या ने फल खरीदे। फल उठा रही थी कि ईशान पहुँच गए।

संतरे, मौसमी, चीकू चुने।

आपके लिए भी ले रहा हूँ।

लीजिए। आरण्या ने लिफाफे आगे किए। मैंने भी अलग-अलग लिफाफों में अनार डलवाए हैं। यह आपके लिए। और यह मेरे लिए हैं।

धन्यवाद आरण्या। लौटा नहीं रहा हूँ। लगता है हम लोग कुछ एक-सा सोचते हैं।

तारीखें मिलती हैं न ?

आरण्या शरारत पर उतर आई। तारीखें नहीं—सिर्फ एक तारीख—वह भी जन्म-तारीख।

उसी का असर समझ लेते हैं !

फलों से ईशान के दोनों हाथ भरे देख आरण्या ने मजाक किया—बापू ने कहा था कि खुले हाथों फलों पर खर्च करना सच्ची किफायतशारी है।

फाटक की ओर बढ़ते-बढ़ते ईशान बोले—किशोर को देखने जाना चाहता हूँ। नर्सिंग होम से लौट आए हैं। आप भी चलेंगी तो उन्हें अच्छा लगेगा।

मन-ही-मन कुछ चिंताएँ जाग उठीं। सफर की समाप्ति।

चाय पीकर चलें तो कैसा ! हाथ में बोझा भी कुछ ज्यादा है। क्यों न मेरे यहाँ चलें। ताजे मुरमुरे बने हैं। सिर्फ केतली का स्विच ऑन करना है !

आरण्या को सोच में देखकर कहा—आज अपने यहाँ संदेश भी हैं। जानता हूँ आपको भाते हैं।

ईशान ने दरवाजा खोला। किचन में जा फल धोए-पोंछे—फ्रिज में रखे, और चाय मेज पर आ गई !

इतनी जल्दी !

ज़रा रंग आने दें ! इतने में मिसेज किशोर को फोन कर देते हैं।

ईशान बोल रहा हूँ। कैसे हैं किशोर।

किशोर को असुविधा न हो तो क्या उनसे मिलने आ जाएँ। हाँ, आरण्या भी यहीं हैं। वह आएँ तो कैसा !

जरूर आइए। आप लोगों से मिलकर खुश होंगे। जाने क्यों चुपचाप पड़े रहते हैं।

हम दस मिनट में पहुँच रहे हैं, दोनों।

आरण्या दूसरा प्याला बना रही है अपने लिए।

बहुत गर्म चाय ठीक नहीं। लिवर और दाँतों को नुकसान करती है।

हूँ। बदन की पुरानी व्याधियों को भी उकसा देती होगी। स्वास्थ्य-संस्कृति बहुत विकसित हो चुकी है। इन दिनों इस पर काफी कुछ पढ़ता रहा हूँ। आपको कुछ अच्छी किताबें दे सकूँगा।

इस विषय में मैं कुछ कम-सा ही जानती हूँ।

इस उम्र में जानकारी बढ़ाने से फायदा होगा ! छोटी-मोटी बीमारियों का इलाज बिना डॉक्टर के भी किया जा सकता है।

मैं कुछ गर्म पहनकर आती हूँ। पाँच-सात मिनट में लौट आऊँगी।

लिफ्ट ली। दरवाजा खोला। शाल ओढ़ा और सीढ़ियों से नीचे उतर गई। थोड़ा-सा व्यायाम भी बुरा नहीं। घड़ी देखी—अभी पाँच मिनट और—तेज कदम भर फूलवाले के पास पहुँची। पटरी पर रंग-बिरंगे फूलों का परिवार सजा था। काश, फूलों को भी शब्द उच्चारने की सामर्थ्य होती ! क्या ये तब भी इसी तरह अपने को बिकने देते। बिकते ! बिना कुछ कहे ! मूक !

शायद नहीं ! हमारी ज्यादतियों पर इन्हें एतराज होता।

फूलों का गुच्छा लिये आरण्या लगभग दौड़ती हुई लौटी।

सामने से ईशान चले आ रहे थे। आरण्या के हाथ में फूल देखे और बिना कुछ कहे ही अपनी सराहना उस तक पहुँचा दी। इतनी जल्दी।

दोनों ऊपर पहुँचे तो मिसेज किशोर ड्राइंग रूम में बैठी थीं। नर्सिंग होम में इलाज की पूरी तफसील दी। फिर आवाज को धीमा कर कहा—व्हील चेयर मँगवा ली है पर उस पर बैठने से कतराते हैं। ज्यादा बात नहीं करते। चुपचाप लेटे रहते हैं। सुनकर कि आप आ रहे हैं—ज़रा चौकस हो उठे। ड्राइंग रूम में आने को तैयार हो गए हैं।

मेल-नर्स ने व्हील चेयर को ईशान के पास ला खड़ा किया।

हैलो किशोर !

ईशान ने पास झुक हाथ छुआ !

पहले से बेहतर महसूस कर रहे हो न !

आरण्या ने उठकर फूल भेंट किए और मिसेज किशोर ने हाथ में लेकर किशोर से कहा—आपके लिए।

किशोर आरण्या को एकटक देखते रहे, जैसे पहचानने की कोशिश करते हों।

फिर मानो किसी अदृश्य लोक से आवाज आई हो—आप कैसी हैं !

फूलों की ओर देखकर—धन्यवाद !

मिसेज किशोर बोलीं—

नया जूता बनकर आया है। एक टाँग ज़रा सिकुड़ गई है। फिजियोथैरेपी से ही ठीक होगी।

ईशान किशोर की ओर झुके—

हाँ, हरकत से ही खून दौरा करेगा। तुम्हारे पढ़ने के लिए कुछ किताबें लेता आया हूँ। थकने की जरूरत नहीं—धीरे-धीरे जितना पढ़ सको।

पुराने किशोर लौट आए कहीं से—क्या तुम पढ़ चुके हो !

नहीं। अभी खरीदी हैं। सोचा, तुम्हारे बाद पढ़ लूँगा।

किशोर पर फिर गहरी थकन उतर आई।

अभी नहीं पढ़ सकता। ईशान, पहले तुम पढ़ लो।

ईशान, यह किसी चीज में दिलचस्पी नहीं ले रहे। किताबें यहीं रहने दें। मैं इन्हें पढ़कर सुनाऊँगी।

ईशान ने किशोर की ओर देखा—

चाहो तो कृष्णमूर्ति के कैसेट भिजवा दूँ !

किशोर कुछ नहीं बोले।

बेटी-दामाद इनकी अच्छी देखभाल कर रहे हैं। ऑपरेशन कामयाब हुआ है। हड्डी जुड़ गई है। अब इन्हें इतना निराश क्यों होना चाहिए !

नहीं। किशोर कोशिश करेंगे। उठकर चलने में पाँव की हरकत जरूरी है। अच्छा फोन करूँगा।

कगरे गें एक लंबा मौन !

दरवाजे की ओर बढ़ते-बढ़ते आरण्या ने मुड़कर पीछे देखा।

किशोर न ईशान-आरण्या के हिलते हाथ देख रहे थे, न बाहर होते उनके कदमों की आवाज सुन रहे थे। उनकी नजर दरवाजे से बाहर दूर कहीं और टिकी थी।

शायद उन्हें अपने प्रियजन-संबंधी दीख रहे हैं जो उन्हें कंधों पर उठाकर वहाँ ले जा रहे हैं जहाँ से कोई लौटकर नहीं आता। इस संसार का वही अंतिम दृश्य जिसे जीते जी अपनी आँखों से कोई नहीं देखता और सब कोई देखता है।

कैसी है यह मुद्रा !

खेल खत्म हो जाने से पहले कोई ढूँढ़ रहा है अपने को उसी राह पर—

आरण्या और ईशान दोनों चुपचाप नीचे उतर गए।

कोई कुछ बोला नहीं। अपनी-अपनी लिफ्ट की ओर बढ़ गए।

तीन दिन बाद–

ईशान का फोन था।

किशोर नहीं रहे। निगमबोध चलना होगा। क्या आप जाना चाहेंगी ?

नहीं ईशान, मैं नहीं जा रही।

ईशान ने बिना कुछ कहे फोन नीचे रख दिया था।

आरण्या ने हस्तलिखित आलेख पढ़ा–कुछ गलतियाँ ठीक कीं। लिफाफा बंद किया और पता लिख दिया। अपने में कुछ नई-नई वृत्तियाँ उभर रही हैं। लिफाफे पर पता लिखना इतना मुश्किल क्यों लगने लगा है ! भला इस आलस का भी क्या कारण ?

कहीं ऐसा तो नहीं, कम्प्यूटर लेने का बहाना बना रही हो ! नई मशीन को सँभाल सकोगी ? उस पर काम कर सकोगी ? आँख और गर्दन पर जोर पड़ेगा।

घंटी बजी। दरवाजा खोला और लिफाफा कूरियर को पकड़ा दिया !

शुक्र है इस काम से फुरसत हुई।

एक घंटा पूरा आराम !

घड़ी देखी–चार। अभी घंटा-भर और लेट लो। उसके बाद चाय।

सिरहाने पड़ी किताब उठाई।

जीने के लिए देह को परिवर्तन के पंखों पर उड़ना होता है। अपनी साँस के साथ खींच रहे हैं हम हाइड्रोजन के कण, ऑक्सीजन, कॉर्बन, नाइट्रोजन। आमाशय, हृदय, फेफड़े, दिमाग हवा में विलीन हो रहे हैं।

एक मास में त्वचा बदल जाती है। उदर की तिल्ली, हर पाँच दिन में लिवर, छः सप्ताह में पूरा कंकाल इस काया का। उस पर विलक्षण यह कि लगे कुछ भी बदला नहीं जब कि 95 प्रतिशत शरीर के अणु बदल जाते हैं। प्रतिस्थापित होते हैं और शरीर को नवीभूत करते हैं।

कोषाणु अपने लघु रूप में जुड़े हैं, शक्तिशाली कॉस्मिक कम्प्यूटर से। कॉस्मिक कम्प्यूटर–पराध्वनि संकेत ! उस पर खूबी यह कि अकस्मात कुछ भी घटित नहीं होता।

हमारी देह उन सब अनुभवों का पुष्टीकरण है जिन्हें हमने जाना है। जिया है। मैं

मात्र मैं नहीं : मैं वह सब भी हूँ जिसका अनुभव मैं अपने में सँजोए हूँ।

ईशान का पुस्तक-मार्क पड़ा है किताब में। आरण्या उठकर खड़ी हो गई। दर्पण में अपने को देखा। कितना कुछ बदला ! क्या हुआ ? कहाँ चला गया वह ढेर-सा समय। दशकों की गुणा ! समय देह को कुतरता नहीं—उसमें रसता है। सारी धूल, मिट्टी, गर्दो-गुबार के साथ।

शंकालु हो अपने से पूछा—क्यों बरसों-बरसों जीने का आक्रोश समेट रही हो ? नहीं—खुशियाँ और उत्साह भी। स्मृतियों के टुकड़े जिन्हें लौटाना अब न सरल है, न उलझा हुआ। मानो कंठस्थ का उच्चारण कभी एक शब्द-भर, कभी शब्दों से कौंधती पंक्तियाँ, कभी अर्थों से झिलमिलाती सूक्तियाँ ! जीने की यही गुणा है।

इनके पार कुछ देख रही हो क्या ! अपने आगे किसी के न होने के बहाने—इस दुनिया का शृंगार, धूप-छाँह, हवा-पानी, चाँद-सूरज सब अपने में स्थित हैं और लिखित की पंक्ति में भी। देखने को क्या नहीं ! आरण्या ने हाथ बढ़ाकर खिड़की खोली—बहती रहो। धूप-सनी हवाओ, जब तक जीती हूँ मुझ तक पहुँचती रहो ! मैं अपने निज के समय को गुंजान रखना चाहती हूँ। जो भी प्रतिफलित है, सिरजित है, अक्षरों की क्यारी में उसी को अंकित करना चाहती हूँ।

कौन है जो अस्तित्व के दबाव में नहीं !

अग्नि पृथ्वी की मृत्यु से
वायु अग्नि की मृत्यु से
जल वायु की मृत्यु से
और पृथ्वी जल की मृत्यु से जीवित है।

आरण्या ने ओढ़ा हुआ कंबल सरका दिया।

घड़ी देखी। साढ़े चार। चाय।

किचन तक पहुँचकर मुड़ी। टेलीफोन उठाया। नंबर मिलाया ईशान का।

क्या कुछ समय बचा रखा है बेकार करने के लिए आपने ! आपके अनुशासन में इसकी जगह तो नहीं दीखती।

ईशान हँसे।

आपका काम पूरा हो गया लगता है।

लिफाफा वाहक को सौंप दिया है। अब शाम के लिए फुरसत ही फुरसत है।

ईशान बोले—

तो आइए—आप आमंत्रित हैं चाय के लिए।

आरण्या उत्साहित हुई। जल्दी से कपड़े बदले। अपने में ताजगी महसूस की। दरवाजे की ओर कदम बढ़ाया ही था कि फोन बज उठा।

फोन बजने दिया। मन-ही-मन निर्णय लिया—मैं घर पर नहीं हूँ।

केक के दो पीस काट—कुछ नमकीन रखा। डिब्बा बंद किया और बाहर हो गई।

फोन लगातार बजता रहा था।

लिफ्ट नहीं चल रही।

दूसरे ब्लॉक की लिफ्ट ली और ईशान की घंटी पर हाथ रख दिया।

घंटी कई देर बजी।

ईशान दरवाजे पर आए।

आरण्या, देखा नहीं दरवाजा खुला था !

आरण्या अंदर आई। दरवाजा बंद किया और गंभीर होकर कहा—

अखबार तो हम लोग रोज पढ़ते हैं न ! दरवाजे को खुला रखने की लापरवाही ठीक नहीं। जो भी दरवाजे पर है—इंतजार कर सकता है।

अगर मेरी जगह कोई दूसरा धड़धड़ाता हुआ अंदर चला आए—इस बात को अदेखा करना ठीक नहीं, ईशान ! इसमें खतरा है ! आरण्या ने अनायास अपने खाली हाथों की ओर देखा—ओह, मेरी ताली कहाँ है ! दरवाजे पर लगी ही तो नहीं छोड़ आई !

अभी आती हूँ।

आरण्या फुरती से बाहर हो गई।

जैसे आई थी वैसे ही अपने फ्लैट तक पहुँची।

ताली दरवाजे पर लगी थी।

घुमाते हुए सोचा, एक बार अंदर झाँकना जरूरी है।

सभी कमरे देखे। दोनों बाथरूम किचन !

दरवाजा बंद किया तो हल्का महसूस किया।

शुक्र है।

इस बार ईशान का दरवाजा बंद था।

ईशान ने खोला और मुसकराकर कहा—अब तो ठीक है न !

हाँ, हर रोज, हर सुबह, शाम, दुपहर इसे खोलने-बंद करने में तनिक भी ढील ठीक नहीं।

मैं अपने दरवाजे पर दूसरा—ऑटोमैटिक लॉक लगवाने जा रही हूँ।

अगर उसकी ताली अंदर रह जाए तो मुश्किल !

उसकी डुप्लीकेट आपके पास रख दूँगी।

मैं आपको इसकी सलाह नहीं दूँगा।

क्यों भला ?

अपनी सुविधा के लिए। आपका और मेरा वक्त दूसरे से मेल नहीं खाता।

आरण्या सतर्क हुई।

भला कैसे !

मेरे आराम का समय आपके काम का है और मेरे काम का आपके आराम का ! हम दोनों को असुविधा होगी !

समझी !

स्वीकृति और अस्वीकृति के बीच खड़ी किसी अनजान सूक्ष्म से भयभीत दोनों एक दूसरे को जाँचते रहे।

आरण्या मन-ही-मन इस पर सोचती रही।

क्या चाय बनाएँ !

दो प्याले।

सामने रखे हैं केक, चने, मुरमुरे और हल्का-सा बना गजरेला।

लीजिए—

आप लीजिए—

दोनों प्यालों में चम्मच हिलाते चले।

क्या अरब सागर में तूफान आने को है !

आरण्या हँसने लगी।

आ सकता है पर आपकी आँखों के शांत महासागर में तो इसकी कोई संभावना नहीं दीखती !

ईशान की मुखाकृति कुछ और-सी लगने लगी।

हम प्रतिद्वंद्वियों की तरह बात कर रहे हैं !

जहाँ तक अपने को जानती हूँ स्पर्धा में मेरी जान कभी नहीं अटकी।

स्पर्धा-भाव आपके तेवरों में हर समय उद्भासित है।

आप विरोधी दिशा से किसी भी चित्र का आरेखन कर सकते हैं, और उसे अपने सत्य के समक्ष स्थापित कर सकते हैं।

आरण्या ने ईशान के माथे पर अविश्वास की झलक देखी।

मेरी अल्पज्ञता एकांगी दृष्टिकोण की भी परिचायक हो सकती है। आप अपनी बात कहें।

अपनी मानसिक-शारीरिक शक्तियों का विकास अपने प्रकृतिजन्य और स्वभावजन्य साधनों से उचित है, मगर दूसरों को आतंकित करना नहीं।

आरण्या जोर से हँसी।

मुझे कहीं आतंकवादी तो नहीं समझ रहे ईशान ! मैं एक अच्छी और भली आत्मा हूँ।

ईशान ने सिर हिलाया। आप ही नहीं हर किसी के पास अपने राग-अनुराग का निजी आख्यान होता है। और, आत्मा इन सबसे निर्लिप्त।

जरूर होगा, पर मैं आप-सी आत्मदर्शी नहीं हूँ।

आत्मनिष्ठ हो !

क्या यह नकारात्मक गुण है ?

बौद्धिक तर्क-जाल !

तर्कशास्त्र सभी विज्ञानों का आधार है।

ईशान के माथे पर एक जटिल-सा तेवर उभरा और गुम हो गया। प्लेट में नमकीन डालकर कहा—क्या उपनिषद पढ़े हैं !

नहीं और हाँ, दोनों ही। पढ़ा है पर जीव, ईश्वर, प्राणी आदि की जटिल समस्याओं में मेरी रुचि नहीं। फिर कोई भी पलायनवादी सोच—

भारतीय चिंतन और दर्शन पलायनवादी नहीं है। उसने जीवन की समस्याओं को गठित मूल्य के दृष्टिकोण से देखा है।

दोनों एक साथ जैसे एक दूसरे पर हँसे हों।

उपदेश देने की प्रवृत्ति आप में जाग रही है।

इस संवाद को स्थगित करते हैं हम।

आरण्या ईशान का चेहरा टटोलती रही। फिर जैसे अपना ही मजाक उड़ाती हो—

इति रहस्यम्

इति उपनिषदम् !

ईश्वर दूसरा ईश्वर नहीं बना सकता।

ब्राह्मण अपने कौशल से अब्राह्मण को ब्राह्मण नहीं बना सकता—कहिए ईशान, इसके जवाब में आप क्या कहेंगे !

ईशान ने सख्ती से कहा—कुछ भी नहीं।

कुछ तो कहें। मैं आरक्षित कोटे से नहीं हूँ। शास्त्र की बात न समझ पाऊँ तो

भी अपने मतलब की बात समझ सकती हूँ।

ईशान हँस दिए।

चलिए। इस चर्चा को परिवर्तित करें। राजनीति से नहीं, काली मिर्च, दालचीनी और शहदवाली चाय से। जीने के लिए अपने को तरंगित कर रहे हैं। हाँ, तुलसी का नाम तो भूल ही गई।

चाय पी ली गई।

अच्छा चलती हूँ। नीचे स्टोर से ईसबगोल की भूसी लेनी है।

आरण्या ने ईशान के चेहरे पर जाने कैसी ऊब देखी कि मिठास से कहा—तुकाराम के अभंग अपनी जगह और पेट की खुराफातें अपनी जगह। नियंत्रण जरूरी है। सच तो यह है कि पेट आतंकवादी है। सारा वक्त पूरे शरीर पर काबिज रहता है।

इसलिए यह प्रसंग भी कम महत्त्वपूर्ण नहीं। सभी जानते हैं, आतंकवादी बहुत कुछ कर सकता है। सिर में दर्द, माथे में घुमेर, जबान का सूखना, जिगर का रूठना। वैसे तो स्वयं जिम्मेवार हूँ। रात को कम सोती हूँ तो इसकी बाकायदा सज़ा पाती हूँ।

आरण्या और ईशान दोनों हँसते रहे।

इसका इलाज प्राकृतिक चिकित्सा में कुछ और भी है। गाँधी इसे अकसीर मानते थे। शहद और नीबू हैं। अंकुरित दालें हैं। भीगा और भुना दलिया।

बस ईशान, इस सब को जुटाने के लिए मेरे पास धीरज नहीं।

आरण्या हँसने लगी।

मैं दलिये का डिब्बा खोलती हूँ। बंद कर देती हूँ और सूजी भूनकर शीरा बना लेती हूँ।

आपको दलिया बनाकर खिलाऊँगा।

भला क्या कुछ डालते हैं उसमें !

मुनक्के, छुहारा, इलायची, दालचीनी, मगज और बादाम। अगर कल सुबह नाश्ते पर बनाया तो आप तक पहुँचाऊँगा। नहीं तो परसों !

धन्यवाद ईशान ! इन्तजार करती रहूँगी। फिर मुलाकात होगी।

ईशान मुस्कराए।

आरण्या कुछ ऐसे कह रही है जैसे जानती हो कि मुलाकात निश्चय ही होगी। होने को नहीं भी हो सकती।

पाँच

कोई भी दिन ऐसा हो सकता है जब हम एक-दूसरे को न पाएँ।

आरण्या के माथे पर तेवर उभर आया।

हँसते-हँसाते क्या जरूरी है कि निराशा की तरंगें एक-दूसरे की ओर फेंकते जाएँ।

सुनो, आरण्या, सुनो !

आरण्या जा चुकी थी।

हफ्तों बाद ईशान आ रहे थे।

घंटी बजी। दरवाजा खुला। आइए।

आप कैसे हैं !

और आप !

ठीक हूँ। धन्यवाद।

क्या बात है—घर बहुत खामोश लग रहा है !

टी.वी. ऑन नहीं, और न ही संगीत।

ईशान जैसे परदों में घिरी दीवारों पर कोई इबारत ढूँढ़ने लगे हों।

आरण्या बोली—हम लोग अकेले रहते हैं तभी इस मौन का पाठ सुन सकते हैं।

क्या अकेलापन महसूस करती हैं ?

नहीं। इतना जरूर कि कभी बाहर से घर पहुँचती हूँ तो हाथ-पाँव धो, कपड़े बदलकर स्वयं चाय बना अपना स्वागत करती हूँ। यह तो मालूम ही है कि घर में कोई दूसरी आवाज नहीं। और हर वह आवाज जो मेरी नहीं, दूसरों की है। बाहर की है। ऐसे में टी.वी. मैत्री बुरी नहीं।

क्या यह स्थिति परेशान करती है !

नहीं, हर स्थिति का अनुभव और व्यक्त किसी-न-किसी रूप में अपने नए को खोजने लगा है। व्यस्त रखता है। विश्वास के साथ कह सकती हूँ कि मैं कभी ऊबी नहीं।

फोन बजा।

आरण्या के कोई मित्र। सरसरी-सी आवाज में कुशल-क्षेम का साधारण आलाप।

जाने कैसे हम एक ही लीक पर खड़े-खड़े पुराने शब्दों को इस्तेमाल करते जाते हैं। अपनी इस भंगिमा पर कभी विस्मय होता है और कभी हँसी भी आती है।

आप दूरी की नजदीकी में विश्वास रखती हैं और घर-परिवार की कुल गाथाएँ मौन रखती हैं। क्या उन्हें हवा लगाना ठीक न होगा !

पारिवारिक घनिष्ठता से जी हुई पुरानी भाव-गठरी बेमानी हो चुकी है। शायद इसीलिए अपना पारिवारिक तानपूरा खामोश है।

परिवार की सुगंध इतनी भी नहीं सुहाती कि संगीत की लय-ताल की तरह हर क्षण दिल तक पहुँचती रहे।

आरण्या हँसती रही।

यह विरोधी दिशा का उपक्रम है। कुटुंब-कबीले का लंबा पाठ भूलकर सिर्फ शीर्षक को ही क्यों दोहराते रहें ! उसके पार सभी कुछ सुखवर्द्धक नहीं है !

क्या सचमुच ऐसा किया जा सकता है !

मालूम नहीं। लगता है, विभिन्नताओं ने अब उस अधिकार को लील लिया है—

उसका अभाव जरूर खल रहा होगा आपको !

अगर कहूँ नहीं तो आप मनोवैज्ञानिक गुत्थियों को कुरेदने लगेंगे ! आज का सच यह है कि परिवार के ऊपरी ढाँचे की संगत और भीतरी तनावों से दूर यह शांत अब मुझे सुखकर लगता है।

ईशान जैसे चिंतित हो उठे हों।

पारिवारिक संबंधों की व्याख्या व्यक्तिगत संदर्भों से नहीं की जानी चाहिए।

आरण्या हँसी।

यह भी एक पूरा पुराण है। संयुक्त परिवारों में भी परिवार का स्वामित्व व्यक्ति की उत्पादक हैसियत से जुड़ा है। भाई-भतीजे सगेवालों के मुँह ताक रहे हैं कि तेवर कुछ ढीले पड़ें, गुस्सा छने तो शायद कुछ बात बने !

आरण्या, पारिवारिक संबंध गहरे होते हैं। छोटे-छोटे दबावों के बावजूद उनमें बहुत-कुछ अच्छा और मूल्यवान होता है।

आरण्या एक साथ उत्साहित और उत्तेजित हुई।

लंबी-चौड़ी गृहस्थी के पुराने मिथक भंग हो रहे हैं।

आप थोड़े-से संपन्न लोगों की बात कर रही हैं।

संयुक्त परिवार की गुणिता को तो हम फिर से खोज रहे हैं। हमारा देशगत संस्कार इसी की जड़ों में से पनपा है।

ईशान, मुझे संयुक्त परिवार का अनुभव नहीं। दूर-पास से जो इसकी आवाजें सुनीं, वह सुखकर नहीं थीं। इतना जानती हूँ कि परिवार की सुव्यवस्थित अस्मिता और गरिमा का मूल्य भी उन्हें ही चुकाना होता है जिनका खाता दुबला हो। परिवार की साँझी श्री पैसे के व्यापारिक प्रबंधन में निहित है। उसकी आंतरिक शक्ति क्षीण हो चुकी है। घनी छाँह की जगह घिसी हुई पुरानी चिंदियाँ फरफरा रही हैं। जानती हूँ ईशान, आपको यह बात ठीक नहीं लग रही, पर मैं अपनी कीमत पर इसकी पड़ताल कर रही हूँ और 'सत्य' के नाम-रूप में संचारित छोटे-बड़े झूठ और झूठों से बनाए गए स्वर्णिम सत्यों की ठोक-पीट ही इस सात्विक संस्कार की प्रेरणा है।

अकेले होने से ही क्या आप इसके विरोध में नहीं बोल रहीं !

नहीं ईशान, जिस वर्ग की कामकाजी लड़की की बात मैं कर रही हूँ—उसमें की हजारों-हजारों लड़कियों की पहचान इस एक आवाज में शामिल है। इसके सामान्य गुण और अवगुण दोनों ही उभरकर आपको चौकस कर रहे हैं। विश्वास करें कि यह मात्र विरोध नहीं—न किसी के विरुद्ध टक्कर लेने की मुद्रा है ! समाज में जो घटित है—घट रहा है, उसे नजदीक से देखने की कोशिश-भर है यह।

आरण्या, कुछ तो समझ रहा हूँ आपकी बात, फिर भी कहूँगा कि इसकी पड़ताल तटस्थता से की जानी चाहिए।

आरण्या ने तीखे व्यंग्य से कहा—सुनने में ऐसा लग रहा है जैसे मैं और आप दोनों बड़े-बड़े परिवारों के कर्ता हैं। लड़के-लड़कियाँ, नाती-पोते। उनके पोषण-प्रसंग। लड़कों के धंधे-नौकरियों के ग्राफ, दामादों की पदोन्नति, रसूख और उपलब्धियाँ—यहाँ तो यह पूरा तंत्र-मंत्र गैरहाजिर है ! आप घर के खामोश होने की बात कर रहे थे न, उसकी

वजह यही होनी चाहिए !

समझ रहा हूँ। परिवार की दूरी आपको उदासी से दूर रखती होगी।

हाँ। अगर कहूँ कि मैं अपनी खुद की निकटता में, सोहबत में कभी उदास नहीं होती तो ज्यादा सही होगा।

ईशान व्यंग्य से हँसे।

अद्‌भुत !

ईशान अद्‌भुत कुछ भी नहीं है। इतनी-सी समझ, इतना-सा जान लेना काफी है कि जिस दृश्य में, घटना में आपकी साझेदारी नहीं—आप उसके बाहर हैं !

संग-साथ रहता परिवार तो खुली किताब है। आपसदारी का रख-रखाव ही इसका पुख्ता प्रमाण है। इसके सगेपन को कोई पराया नहीं छीन सकता !

इस निकटता और दूरी के बीच तीसरा होने के अनुभव भी अनेकों प्राप्य हैं ईशान !

कैसे !

परीक्षा में बच्चे के नंबर कम आए—आप दोषी हैं क्योंकि परीक्षा के लिए जाते हुए आगे से आप मिल गए थे। बेटे को मनचाहे स्कूल में दाखिला नहीं मिला। आपकी जिज्ञासाएँ आड़े आ गईं। कंपीटीशन में पिछड़ गए बच्चा या बच्ची तो जरूर उसकी नजर लगी है जो त्रिशंकु है। न इधर का न उधर का। बीच में लटका हुआ। किसी की नौकरी का जिक्र कर दिया और वह सफल न हुआ—तो गुनाह उसी के मत्थे जो कहीं का नहीं ! बताइए ऐसे प्रगाढ़ रिश्तेदारों को कैसे सहन करेंगे आप ! आप में इतनी ही दिलचस्पी कि आप उनकी दहलीज के अंदर खड़े हों तो उन्हीं की ओर देखा करें, बाहर हों तो उन्हें न भूलें।

आरण्या, मेरे अपने आस-पास कोई नहीं। शायद इसीलिए आपसे पूरी तरह सहमत नहीं हो पा रहा। चेष्टा कर रहा हूँ आपके कोण को देखने-बूझने की।

परिवार की साँझी श्री संपदा और संपन्नता में निहित है ! आप इस साँझेपन के हिस्सेदार हैं तो स्नेह, ममता भी प्रचुर होंगी। नहीं तो—

क्या आप पुत्रियों की ओर से तो यह नहीं कह रही हैं !

नहीं ईशान, आख्यान और उपाख्यान का फर्क मेरा निज का अनुभव नहीं। मैं तो इतना जानती हूँ कि बेटा हो, बेटी हो, परिवार के हर सदस्य को इच्छा-अनिच्छा, उदासी-उल्लास को मनचाहे रूप से रूपांतरित करने का अधिकार है।

ठीक कह रही हैं पर हम यह न भूलें, परिवार सुरक्षा का एक नीड़ है, और एक-दूसरे को सहारा देनेवाली एक घनी छाँह भी। जीवन भी एकवर्णी नहीं।

ईशान, जो संरक्षण आत्मविश्वास को कुरेदता चले उसे सराहने में क्या तुक है भला !

नहीं-नहीं—परिवार की चौखट में जो पनपता-उभरता है वह सामंजस्य भी तो मानवीय संबंधों के लिए जरूरी है।

आरण्या इतराने लगी, मानो अभिनय करती हो।

हाँ, वह भी एक दिलचस्प स्थिति है। गए बरस हम अमरीका गए थे। बड़े के पास। उससे पहले लंदन मँझली बहू के यहाँ। उसका दूसरा बच्चा पहुँचनेवाला था। बेटी ने बुलाया तो उसके पास चले गए।

एक-दूसरे की जरूरत बनी रहनी चाहिए। यह बुरी बात नहीं।

ईशान ने एक अनमनी निगाह से देखा।

अकेले होने से ही क्या इस स्थिति को ऐसे देखना उचित है !

नहीं। प्यार, सद्भावना जैसे शब्दों में मेरी कभी अनास्था नहीं हुई। इसी से मेरी सोच नकारात्मक नहीं है। हाँ, मैं संदेहों के पार देखने की आदी जरूरी हूँ।

सोचिए, एक बच्चा सुख दे रहा है। दूसरा ढिठाई से दुःख और तीसरा सुनहले भविष्य की ओर अग्रसर है। किसी का मुंडन, किसी का विदेश-प्रस्थान और इसके विपरीत सभी पात्रों का अभिनय एक ही व्यक्ति में हो तो घर में टी. वी. के शोर के अलावा किसकी उम्मीद करेंगे हम। शोर के पिछवाड़े का एकांत भी कैसे हमें बहकाएगा !

ईशान और आरण्या दोनों मिलकर हँसने लगे !

वक्त की कमी नहीं—अब क्या परिवार के बेटे-बेटी की ओर मुड़ें।

मानवीय मन के आवेग और आवेश को परिवार ही नियंत्रित करता है। असंख्य डोरों से वह समाज से जुड़ा है। इसी में रहकर स्त्री-पुरुष दोनों अपनी-अपनी अंतःशक्तियों को विकसित कर सकते हैं।

क्या दोनों की अंतःशक्तियाँ एक-दूसरे से भिन्न हैं !

आपके व्यंग्य की धार को चमकते देख रहा हूँ। दिलचस्प है कि आपकी हर बात, हर बार बाहर की ओर बढ़ती है।

और आपकी—मन से अंतर की ओर—अंतर से आत्मा की ओर ! क्या ठीक कह रही हूँ।

गलत नहीं है !

मेरी अंतरध्वनि मुझे संकेत देती है कि नदियाँ हमारी सखियाँ हैं ! उद्गम से छूटती हैं—तो भागने लगती हैं। पर्वत-पठारों की तरह सिर उठाए वहीं एक जगह जमी नहीं रहतीं !

क्या पितृ-मुद्राएँ आपको परेशान करती हैं !

हाँ और न, दोनों ही। प्रकृति के यह दो मूल पक्ष अब आगे-पीछे नहीं, आमने-सामने खड़े हैं, ताकि साथ-साथ कदम मिला सकें। मात्र अनुकरण और नेतृत्व से ही नहीं—एक-दूसरे

की बराबरी में। साँझेपन में।

भारतीय संस्कार आत्मा की बात करता है, आरण्या !

आरण्या हँसने लगी।

आत्मा का आत्मन् अब उत्तर-आधुनिक हो गया है। अब वह भी भारतीय दर्शन के साथ सुख-संपन्नता की खरीदारी करना चाहता है।

आरण्या किधर खींच रही हैं संक्रमण की इस बात को।

उधर ही जिधर आधुनिकता हमें ले जा रही है।

एक अपरिवर्तनशील गहन जीवन के सब परिवर्तनों के पार फैला रहता है, आरण्या। हम मानव प्रकृति और विज्ञान के साथ-साथ इस भूतल पर जीए चले जाएँगे। पहाड़, नदियाँ, सागर—सब एक-दूसरे की संगति में रहते रहेंगे।

ईशान, क्या पितृ-पक्ष खड़ा रहेगा। मातृ-पक्ष बहता रहेगा। हाँ, स्त्री के ब्रह्म-विद्या अधिकार का क्या होगा।

इस आत्मतत्त्व की सीमाएँ वह लाँघ भी सकेगी कि नहीं। कहा जाता है, दर्शन जैसे गूढ़ विषय स्त्रियों के लिए नहीं हैं।

नहीं। ब्रह्म को प्राप्त करने की शक्ति हर किसी के भीतर से आती है। स्त्री हो या पुरुष !

ईशान के माथे पर तेवर उभर आया।

आरण्या ने दिलचस्पी से देखा और मुलायम आवाज में कहा—

आपके टहलने का वक्त हो रहा है। मौसमी का एक-एक गिलास हो जाए तो कैसा !

क्यों नहीं !

चार मौसमियाँ, प्लेट, छुरी जूसर के पास रख दिए गए।

ईशान मौसमी काटने लगे—निमग्नता और कठोरता से।

आरण्या कुछ देर हाथों की ओर देखती रही, फिर हल्की आवाज में छेड़छाड़ की—मैं अगर आरक्षणवाली किसी वती या कुमारी की तरफ से रस निकालने की इस क्रिया का अवलोकन कर प्रेस को भेजूँ तो कहना होगा कि आपकी इस क्रिया में आपके जातीय प्राचीन स्मृति के पुनीत और कठोर भाव ही प्रदर्शित होते हैं !

क्या मतलब !

आरण्या हँसने लगी।

ईशान कुछ अविश्वास और कुछ रुखाई से देखते रहे।

यही कि रस निकाल लो और छिलके फेंक दो।

यह मैं अपनी ओर से नहीं कह रही, जो आरक्षण माँग रहे हैं, यह उनकी धारणा है।

छह

एकांत। घना सुनसान। अँधेरा।

क्या जगह है ! पानी, आकाश एक ही जगह थिर हैं ! कैसे ! बीचोबीच एक सँकरी पथरीली पगडंडी।

कहाँ हूँ।

कहाँ खड़ी हूँ।

हल्की-सी गरमाहट बदन में। आँच–और ठंडी-सी झनझनाहट एक साथ। पगडंडी पर आन झुका है ऊँचे तलों के बीच का पार-पथ ! कदम भरो। उड़ लो हवाओं के पंखों पर। क्या है रंग भला हवाओं का। पानी का-सा, काँच का-सा दूधिया श्वेत।

जो कुछ भी हो, माप लो।

आरण्या के पाँव छूने लगते हैं आकाश को। पार-पथ के फर्श को।

ट्रीं–ट्रीं–ट्रीं–ट्रीं–ट्रीं–ट्रीं–नींद में ही सिरहाने पड़ा फोन उठाया।

हैलो !

आरण्या से बात करना चाहती हूँ !

आरण्या ने आवाज बदल ली।

अभी वह सोई पड़ी हैं, आप घंटे-भर बाद फोन करें।

अलसाई-सी कमजोर-सी नींद में घड़ी देखी। कहाँ से कैसे इस लोक में आन पहुँची। मैं तो देख रही थी आकाश में चमकता सूरज, चाँद और चाँदनी एक साथ।

कुछ और भी तो देखा था।

कोई ओढ़नी—एक काया, छाया—बालकनी से कूदते हुए। लगा था देह में उसका भय व्याप्त है। ऊपर से कंबल और दुलाई उतार परे फेंक दी। बाथरूम में जाकर आँखों पर छींटे दिए। ब्रश कर कुल्ला किया। चाय बनाई और प्याला लिये बालकनी में आ खड़ी हुई।

सोचा ! सपने अक्सर नहीं आते। आते हैं तो कुछ-न-कुछ संकेत देते हैं।

दिमाग पर जोर डाला—दिल की तहों को टटोला—शायद किसी पुराने भय का बिंब है। उसे आँखों ने देखा नहीं। वह सिर्फ आँखों के आगे आया है।

नहीं। आँखों को इस दृश्य को देखना भी क्यों था। क्या पाँच तले से ऊँचाई का डर !

आरण्या रेलिंग से नीचे झुकी। क्या अपने को हताहत करने की कोई दुर्बल शक्तिशाली आकांक्षा !

नहीं।

नीचे पार्क हुई कारों की कतारें...जैसे गतियाँ थकन से ठिठकी हों। अपने को नई नजर से देखा। एक पुरानी गति यह भी ! निःसंदेह, पर—अभी स्थगित नहीं।

दरवाजा खोला। अखबार लिया—दूसरे हाथ में दूध की पन्नी। सामने के फ्लैट की ओर नजर पड़ी। फर्श पर दूध की थैली खिंडी पड़ी थी और लिफ्ट के सामने बैठी बिल्ली मुँह मारने की ताक में थी।

गैस पर उबलने को अंडा पैन में रखा। दूध का प्याला लिया और केतली का स्विच ऑन कर दिया।

फिर वही चाय की धौंकनी। नुकसान या फायदा जो भी हो—बदन को उभारने को कारगर है।

ठीक घंटे-भर बाद फोन की घंटी बजी।

क्या मैं आरण्या से बात कर रही हूँ !

जी, बोल रही हूँ।

आप मुझे नहीं जानतीं। मैं ईशान की मित्र हूँ। हम लोग कर्जन रोड होस्टल में पड़ोसी थे।

जी !

मैं आप दोनों को चाय पर आमंत्रित कर रही हूँ। ईशान से ही आपका फोन नंबर लिया है।

माफ कीजिए—मैं आ न पाऊँगी—

नहीं-नहीं, मना मत कीजिए। मैं आपकी सुविधा का दिन चुनूँगी। आपसे बहुत दूर नहीं रहती। मेरा अपार्टमेंट आपके यहाँ से दस-पंद्रह मिनट की ही ड्राइव पर है।

आवाज में कहीं कोई झोल नहीं लगा।

ईशान ने बताया था—परसों आप ज्यादा व्यस्त नहीं होंगी। मैं सचमुच आपसे मिलने को उत्सुक हूँ।

धन्यवाद। मैं आऊँगी। साढ़े चार न !

हाँ, मैं आपको सवा चार बजे याद दिला दूँगी। आप ईशान के साथ आएँगी।

तीसरे दिन ईशान और आरण्या दोनों दमयंती के निमंत्रण पर चले।

मेरी पड़ोसी रही हैं ! खूब मनमौजी। कभी बहुत आकर्षक, चुलबुली और चुस्त हुआ करती थीं।

ईशान हँसे जैसे वह सामने ही उसे देख रहे हों। ऊपर-नीचे जाते हुए लिफ्ट अगर महक रही होती तो जान लिया जाता था कि दमयंती या तो घर से निकली हैं या घर को लौटी हैं ! कीमती परफ्यूम उनकी पहचान थी।

पति भले आदमी थे। संजीदा, कद्रदान और अपनी पत्नी पर फिदा ! बच्चों का पालन-पोषण आया के जिम्मे। उनके गुजर जाने पर दमयंती अब साधु-महात्माओं के पीछे हैं। ऋषिकेश में एक साध्वी इनकी गुरु है। ज्यादा वक्त वहीं गुजारती हैं।

आरण्या कुछ अनमनी-सी हुई। सोचा, ऐसी संगत में भला मैं क्या करूँगी। ऊब जाऊँगी।

ईशान बिना कहे ही जैसे आरण्या के मन की बात बूझ गए हों।

आपको दिलचस्प लगेगा। आधुनिकता के सभी गुण उनमें मौजूद हैं। पहनने-ओढ़ने का सलीका, मीठी गुफ्तगू और गृहस्थी का कायदा-करीना ! अधिकतर औरतें उनसे ईर्ष्या ही करती रही हैं। अब काफी बदल गई हैं। हम सभी सयाने किसी-न-किसी रूप में बदल तो जाते ही हैं।

क्या आप अपने को बदला हुआ महसूस करते हैं ?

नहीं।

और आरण्या, आप ?

मैं भी नहीं।

दोनों जैसे एक-दूसरे से आश्वस्त हुए हों।

हल्के मोतिया रंग की पोशाक में दमयंती ने स्वागत किया।

ईशान ने परिचय करवाया।

मुद्रा में आत्मविश्वास, मुखड़े की सँवरन, घुँघराले ग्रे बालों में वह संपन्न सयानी औरत का प्रतिबिंब दीख रही थीं।

आरण्या को हाथ से घेरकर कहा—आइए।

ड्राइंग रूम से लगभग बचाते हुए निज के कमरे की ओर ले गईं—बैठिए !

कोने में सोफा, लंबी मेज, फ्रिज और दूसरी ओर पलंग। साथ लगी शेल्फ पर किताबें-पत्रिकाएँ। सजावट में दिल्ली और लाहौर की पुरानी झलक और कर्जन रोड होस्टल की सुरुचिपूर्ण तराश।

हाथ में पानी की ट्रे पकड़े माधो ने ईशान को नमस्कार किया।

माधो, कुशल से हो न ! घर में सब ठीक-ठाक !

जी साहिब, बहुत दिनों बाद आए ! बहादुर अभी भी काम कर रहा है न !

हाँ माधो। रात का खाना उसके जिम्मे है। सुबह तो अपने काम पर जाता है।

चाय की शुरुआत के लिए शहद और नीबू काँच के कीमती गिलासों में।

ईशान हँसे !

आप भूलीं नहीं !

कैसे भूल सकती हूँ। आपको याद कर रही थी कल। वैद्य जी ने बताया था अदरक का रस, नीबू और सेंधा नमक—यह चूर्ण पेट के लिए अक्सीर है। तुलसी और बेल की पत्तियाँ भी ! ईशान, मैं अब मांस-अंडा नहीं लेती। शाकाहारी हो गई हूँ।

तआज्जुब !

जब से आश्रम में रहने लगी हूँ मेरी वृत्ति ही बदल गई है। चिकन, मटन, फिश के लिए मेरी इच्छा ही नहीं होती। पहले इसके बिना खाना ही नहीं खाती थी। मुझ में बड़ा बदलाव आया है।

आरण्या, मैं पहले सूती कपड़ा तन को न छुआती थी। एक दिन सत्संग के बाद

मेरी गुरुजी ने टोक दिया। अब सूफियाने-से सूती जोड़े बनवाए हैं। मेरे बेटों और बहुओं की सुनो। रेशम पहनूँ तो कहते हैं, इस उम्र में यह चमक-दमक अच्छी नहीं लगती। सूती पहनूँ तो वह भी पसंद नहीं। कहते हैं इनमें आप हमारी माँ ही नहीं लगतीं। तुम्हीं बताओ, क्या करूँ।

आरण्या ने परेशानी से सिर को झटका दिया—आप वह पहनिए जो आपके मन को भाए।

दमयंती बड़ी मोहक हँसी हँसीं। आप हैं न अपने दिलो-दिमाग की मालिक। अकेले होते हुए क्या आपको उदासी नहीं घेरती !

नहीं !

कभी तो...

नहीं। कभी नहीं।

यह हो ही नहीं सकता ! मेरे साथ आश्रम में चलें। गहरी शांति का अनुभव करेंगी। धर्म-अध्यात्म में कुछ रुचि रखती हैं क्या।

नहीं। मैं कुछ ज्यादा ग्रहण नहीं कर सकती ! वैसे ही व्यस्त रहती हूँ।

बाल-बच्चे, परिवार नहीं—आपको इतने क्या अधूरे काम पूरे करने हैं कि आपके पास वक्त नहीं !

दमयंती ईशान की ओर देख किसी गुरुआनी की तरह हँसीं।

बहन, यह काम तो यहीं धरे रह जाएँगे और कभी पूरे न होंगे। हमें आगे का भी सोचना है।

आरण्या के माथे पर जाने कैसा तेवर उभरा कि ईशान ने विषय बदल दिया।

छोटा बेटा अब ठीक है न !

हाँ, पहले से बेहतर। सहारे से चल-फिर सकता है। उसकी मंगेतर इन दिनों यहीं है। बड़ी मदद की है उसने बेटे की। एक्सीडेंट के बाद यहीं रह गई !

मेज पर चाय लगी।

केक, बिस्कुट, फल और अंकुरित अनाज। दमयंती ने चाय उँड़ेली और प्याले सब के हाथों में।

दमयंती बोली—यूनिट ट्रस्ट ने इस बार अच्छा डिवीडेंड दिया है। आपने भी इन्वेस्ट किया हुआ होगा !

हाँ।

और आपने !

आरण्या ने कोरेपन से सिर हिला दिया—हाँ, मैंने भी।

पहली बार मिलने पर ऐसे सवाल !

मेरी जरूरतों का इंतजाम तो वह कर गए थे। आखिरी दिनों में बार-बार यह कहते कि मैं पहले जाऊँगा। तुम पीछे रहोगी तो कैसे करोगी !

मैं उनकी बात को आई-गई कर देती। जीने-मरने पर किसी का बस नहीं। मैं पहले चली गई तो तुम किसी और सिरमुनिया को ब्याह लाओगे !

पहले वह हँसने लगते, फिर आँखें भर लाते।

जाने कैसे जान गए होंगे कि वही पहले जाएँगे।

जिसको जितनी मिली है उसे उतना ही जीना है। जितनी मिली है उसे जीना ही होगा !

जाने के लिए सभी होते हैं अकेले। यही है नियम सृष्टि का।

दमयंती ने प्लेट आगे की।

पपीता लीजिए—मीठा है ! कभी-कभी मलाई डालकर खाती हूँ। चित्त प्रसन्न हो उठता है। मेरी गुरुजी आश्रम के खाने में दिलचस्पी लेती हैं। रसोई इतनी साफ कि क्या कहें। भगतनें खूब मग्न हो चमकाती हैं बरतनों को।

आहार शुद्धो सत्त्व शुद्धि।

आप लोग मेरे साथ चलें। क्यों न हम तीनों किसी शनिवार को चलें और सोम-मंगल को लौट आएँ !

दमयंती, मैं अब इतनी लंबी ड्राइव नहीं करता।

यह बहाना छोड़िए। मेरे पास ड्राइवर है न !

आरण्या, चलेंगी न !

नहीं-नहीं, मेरे प्रोग्राम में यह नहीं बैठता।

दमयंती जाने कैसी आँखों से देखती रहीं, फिर हौले से कहा—ग्यारह दरवाजोंवाला यह शरीर कैसे वहाँ पहुँचेगा। मुझे अब इसकी चिंता होती है।

आरण्या मौन रही जैसे अभी कुछ और भी सुनना हो।

ईशान उठकर बालकनी में जा खड़े हुए तो दमयंती पास आ बैठीं।

आरण्या, जाने क्यों इन दिनों डर-सा लग रहा है ! शायद मरने का डर है।

इस भय को अपने से बाहर कर दीजिए। जो हर इनसान की नियति है, उससे क्यों डरेंगी आप !

दमयंती आँखों में जैसे गुरुजी को देखने लगी हों।

मेरी गुरुजी का कहना है कि हम कर्म से स्वतंत्र हैं किंतु फल भोगने में परतंत्र हैं !

आरण्या ने तीखी नजर से देखा और मुलायम आवाज में कहा—आपके नजदीक

ही वृद्धों का आश्रम चल रहा है। कुछ समय उनके लिए दिया करें !

क्या कर सकती हूँ वहाँ ?

उनकी दिनचर्या में जो भी योगदान आप दे सकें ! उन्हें अखबारें-किताबें पढ़कर सुना सकती हैं। उनकी चिट्ठी-पत्री लिख सकती हैं।

एकाएक दमयंती का चेहरा खिला और खुल गया।

धन्यवाद, यह कर लूँगी। घर में रहकर मन नहीं लगता।

ऐसा क्यों ? आप अकेली नहीं हैं, बच्चे साथ हैं।

मैं तुम्हारी तरह अकेली होती तो क्यों परेशान होती। बच्चे साथ रह रहे हैं। मेरे घर में—मेरा किचन चल रहा है। खर्चा मैं कर रही हूँ। और मैं अपने कमरे में अकेली पड़ी रहती हूँ। बिना मेरी इजाजत मेरा सामान इधर से उधर करते रहते हैं। आरण्या, मैं बहुत दुःखी हूँ। पीछे आश्रम गई तो माधो को धमकाते रहे। बताओ, ममा लॉकर की चाबी कहाँ रखती हैं।

मैं अपने बच्चों से वैर-विरोध क्यों करूँगी ! उनका भी कोई फर्ज बनता है। मैंने कुछ खाया-पीया है कि नहीं—बीमार हूँ—दवा लानी है, टेस्ट करवाना है—डॉक्टर के पास जाना है—वह सब मैं अपने आप ही करूँ ! भला हो इस माधो का, इसी के बल पर चला रही हूँ।

आरण्या कुछ बोली नहीं।

कुछ कहो, आरण्या ! बच्चों की ऐसी हरकतों से मेरा धीरज खत्म हो रहा है। फ्लैट के कागज माँग रहा है बेटा। डॉक्टर के गई थी तो पीछे से बहू ने मेरा दीवान उठवा अपने कमरे में रख लिया। कहा, उसे पसंद है। सुनो, मुझे इस कमरे से निकलने की इजाजत नहीं ! मैं ड्राइंग रूम में अपने मेहमानों को नहीं बिठा सकती।

यह गलत है, चलिए—वहीं चलकर बैठते हैं।

दमयंती के मुखड़े पर एक साथ उलझे भाव उतरे। उत्साह और झिझक। फुसफुसाकर कहा—मैं वहाँ नहीं बैठ सकती, मेरे मेहमान नहीं बैठ सकते जबकि वहाँ का सब फर्नीचर, साज-सामान मेरा अपना बनाया हुआ है। और मैं किसी बेजान काठ की तरह देखी जाती हूँ।

ईशान लौटे तो दमयंती ने चहककर कहा—ताजी चाय आ रही है, आइए, उधर बैठते हैं !

परदा उठा और संपन्न सजीली सुव्यवस्थित बैठक प्रकाशमान हो उठी।

कीमती फर्नीचर, भारी परदे—प्रदेशों की कलाकृतियाँ, काष्ठ की वेदी पर गणेशजी और पूरे कमरे को उभारता कशमीरी कालीन।

दमयंती इस कमरे की स्वामिनी की तरह चहकने-सी लगीं।

माधो को घंटी दी।

जी साहब !

गर्म चाय हो जाए। मसाला टी !

जी। अभी लाया।

दमयंती ऐसे जैसे अपने पुराने ठिकाने पर पहुँच गई हों।

ईशान, बहादुर तो ठीक चल रहा है न !

हाँ, ठीक ही। रात का खाना बनाता है। घर की सँभाल रखता है। दिन में मैं खुद ही कुछ-न-कुछ बना लेता हूँ। कभी मैं और आरण्या एक साथ खा लेते हैं। हमारे फ्लैट्स एक-दूसरे से दूर नहीं।

यह अच्छा है, ईशान, काश कि मैं भी वहाँ रह रही होती ! हम लोग किसी दिन पिकनिक के लिए क्यों न चलें ! धूप में लंच लें तो कैसा।

आपकी पिकनिक बास्केट मुझे याद है। अभी है क्या !

है। मेरी सब पुरानी चीजें मौजूद हैं। सिर्फ मैं अपनी जगह पर नहीं हूँ। एक के जाने से देखते-देखते इतना बड़ा फर्क !

आरण्या बोली—पिकनिक के लिए मैं पनीर बना लाऊँगी।

दमयंती हँसीं। पनीर के साथ सिंधी पराँठे। माधो इसमें माहिर है। घी बिलकुल कम होगा। आरण्या, आप पनीर तलकर बनाएँगी !

पनीर पानी में नहीं तला जा सकता पर विश्वास रखें, घी बिलकुल कम होगा !

सयाने कहकहों से ड्राइंग रूम गूँज उठा !

दमयंती उछाह और उत्साह में ताजी-सी हो उठीं। मीठा क्या होगा ?

कोई भारी मिठाई नहीं। फल काफी रहेंगे !

नहीं ईशान, मैं संदेश मँगवा लूँगी।

वह ठीक रहेंगे। आपकी पुरानी पसंद है।

एकाएक दरवाजे की घंटी बजी।

माधो ने खोला। मँझले भैया के साथ दो मेहमान।

ड्राइंग रूम में माँ के साथ ईशान और आरण्या को बैठे देखा तो गुस्से को भरसक दबाकर कहा—

ममा, इन्हें अपने कमरे में ले जाइए। हमें कुछ जरूरी बातचीत करनी है।

हम लोग चाय पी रहे हैं ! तुम देख ही रहे हो बेटे...

और कितनी देर लगेगी ?

मैंने इन्हें बहुत मिन्नत से रोका है। यह अभी बैठेंगे।

ईशान और आरण्या आपस में बातचीत करने लगे, जैसे माँ-बेटे के संवाद को सुन न रहे हों।

बेटे के दरवाजे में खड़े-खड़े ही दमयंती ने माधो को घंटी दी। ज़रा जल्दी से पालक के पकौड़े निकाल लाओ। ऊपर लौंग और काली मिर्च बुरकना न भूलना। पोदीने की चटनी फ्रिज में रखी है।

जी साहिब !

इधर घी के गर्म होने की महक फैली, उधर बेटे ने दो-तीन बार गैलरी के चक्कर लगाए। जूतों में धसक थी।

माधो प्लेट में पकौड़े लिये ड्राइंग रूम की ओर बढ़ा कि बेटे ने खौलते हाथ से प्लेट नीचे दे मारी।

आवाज सुन दमयंती उठीं। बाहर झाँका—माधो, क्या हुआ।

कुछ नहीं साहिब, हाथ से यह तशतरी खिसक गई।

शांत स्वर में दमयंती ने हुक्म किया—इसे बाद में समेटना। जल्दी से और निकाल लो।

बेटे को फड़फड़ाते देखा तो धारदार आवाज में कहा—यहाँ खड़े न रहो। इस घर से बाहर चले जाओ। खबरदार, जो दुबारा यहाँ कदम रखा। समझे। तुम नहीं, मैं हूँ इस घर की मालिक, मैं हूँ।

आरण्या ने तीनों प्यालों में चाय उँड़ेली और दूध चीनी के लिए आगे बढ़ा दी।

लड़के की आँखों में हिंसा उतर आई थी।

सुना नहीं ! इस घर में कदम मत रखना।

अंदर से बहू के रोने की आवाज आई।

आरण्या और ईशान उठ खड़े हुए।

अब चलें दमयंती ! फोन पर पिकनिक की तारीख पक्की करेंगे !

आरण्या ने हाथ मिलाया और खामोशी से दमयंती तक पहुँचाया—आपने जो किया है, इसका अधिकार आपको है।

दम्मो के चेहरे पर जाने कैसी बुढ़ापे की घबराहट-सी फैल गई। आरण्या का हाथ

दबाकर कहा—आज मेरे साथ रुक जाओ। मेरा बेटा बड़ा कड़ुवा कठोर है। रात-भर बकारा करेगा।

संयम से काम लीजिए। बच्चों के पिता के बाद आपकी सुरक्षा का भार स्वयं आप पर है। एतराज करने का अधिकार भी आपको है ! विश्वास रखें—उसे माफी माँगनी होगी।

लंबे क्षण तक दमयंती आरण्या का हाथ थामे रहीं।

मेरा फोन नंबर तो आपके पास है न !

दमयंती ने सिर हिलाया और अपना बेजान ठंडा हाथ ईशान की ओर बढ़ा दिया।

क्या किसी मदद के लिए !

क्या सचमुच कोई किसी की मदद करने के काबिल है !

तीन जोड़े ठंडे हाथ। कहीं किसी में गरमाहट बाकी है क्या ! नए बच्चों का सामना करने की हिम्मत भी है ?

ममता !

माँ सिर्फ ममता ही है क्या !

क्या उसके अस्तित्व और व्यक्तित्व के सूत्र अब भी पिता, पति और पुत्र के हाथ में हैं !

महीने-भर बाद—

ईशान के यहाँ माधो का फोन था—

साहिब, मेम साहिब नहीं रहीं।

उनका चौथा कल शाम को है।

क्या ?

क्या हुआ माधो !

टेलीफोन पर क्या बतावें साहिब—आइएगा तो खुद ही जान जाइएगा।

सात

आरण्या ने गए बरसवाले कपड़े निकाले। तेज रंग आँखों में खटका। सफेद या क्रीम पहनना चाहिए। इस जोड़े का चुनाव क्या सचमुच आकस्मिक है !

नहीं। इसलिए निकाला कि पिछले साल यही पहना था।

क्यों बीते हुए से उलझने लगी हो ?

इसलिए कि पिछले वर्ष की तरह यह साल भी चुपके से निकल जाए।

जन्म-तारीख तो याद है न !

हाँ, इस मौसम में भला वह क्यों भूलेगी ?

और जीवन की सार्थकता ?

निरी भूल-भुलैया !

कौन-सी उपलब्धि मुख्य है ?

मानसिक, शारीरिक शक्तियों का विकास।

और महत्त्वाकांक्षाएँ ! उपलब्धियाँ ?

उत्तर के लिए कुछ ढूँढ़ लाना इतना आसान तो नहीं।

भूल जाओ उन्हें। सिर्फ उन दिनों की याद करो जो बचपना उल्लास से गुजारा था !

आरण्या हँसी।

मैं वह तत्त्वज्ञानी नहीं जो शुभाशुभ से परे हो जाता है।

आज के दिन पिछले बरस मैं आराम से पसरी रही थी। शाम को राजेन कौल और इंदु आ गए थे। बड़ा-सा पाइनएप्पल केक लेकर। दोनों खुश थे। उस जुड़वाँ खुशी ने गहरा भाव दिया था।

तैयार हो दर्पण में चेहरा देखा। मन ही मन हँसी।

लगता तो है कि चेहरा अभी तक अपना ही है।

क्या हो तुम आरण्या ! हर भाव-अनुभाव अपने पर ही केंद्रित किए रहती हो।

किसी और की भी सोचा करो।

कुछ सोचने को है क्या !

यह सब मसले गौण हैं।

अंतर से उभरे आवेग और संवेद कुछ तो कहते होंगे !

मात्र तार्किक मंथन और परिकल्पनाओं के उद्गम।

इस लोक की विराट विविधता की ओर क्यों न देखें !

फिर से आईने में अपना प्रतिबिंब देखा। दर्पण पर धूल नहीं, पर इसका मतलब यह भी नहीं कि तुम उतनी ही उजली हो जितनी पहले कभी थी।

इस मौसम को भला क्या कहा जाता है।

वानप्रस्थ बुढ़ापा।

इस गूल्यवान गौसग का सत्कार किसी और शब्द से करो।

यह लंबी अवधि का घनत्व है। जीए हुए का साक्ष्य !

जानती हो न, दशकों दशकों पहले लॉन गें खेलते खेलते दो बच्चे हगेशा के लिए बिछुड़ गए थे। सड़क-दुर्घटना में खून से लथपथ शांतनु ! उसके पिता उसे वहाँ छोड़ आए थे जहाँ से कोई नहीं लौटता ! सभी को वहीं पहुँचना होता है।

आरण्या ने अपने को घुड़क दिया।

आज इस प्रसंग को भूल जाओ।

हमारे जाने की सिरदर्दी जिन्हें सहनी है, वही सहेंगे !

आज ईशान के यहाँ मीटिंग है।

हाथ बढ़ा फोन उठाया।

ईशान, क्या पाँच का वक्त ठीक न रहता !

लोग टहलने जाना चाहते हैं। इसीलिए आधा घंटा पहले कर दिया।

दस मिनट पहले आने का सोचती हूँ, कुछ असुविधा तो न होगी !

बिलकुल नहीं।

ईशान के यहाँ पहुँच हाथ का डिब्बा खाने की मेज पर रख दिया।

इतना बड़ा केक। यह क्यों आरण्या !

आज खास दिन है। आपका जन्मदिन। शुभकामनाएँ।

आरण्या, आपको भी बधाई जन्मदिन की।

दोनों ने हाथ मिलाया।

हम किनारे पर हैं आरण्या, यह सब बचपना नहीं लगता ?

ईशान, इसे इतना नापसंद न करें। जो स्वभाव-रचना मुझे मिली है मैं तो उसी के साथ अपने को चलाऊँगी।

ईशान हँस दिए।

मनमानी अभिव्यक्ति और दूसरों को मनाने की शक्ति !

आरण्या ने शरारत से कहा—

दो केक हैं, दो डिब्बे हैं। एक आपका। एक मेरा।

ऐसा क्यों ?

ईशान, जन्म-तारीख एक है पर मैं और आप दो व्यक्ति हैं। इसीलिए !

यह पैसे का सदुपयोग नहीं।

आरण्या हँसने लगी।

इस आत्मालोचन की जरूरत नहीं।

यह दिन एक बरस में एक बार आता है, वह भी अगर जिंदा रहें तो—

ईशान गंभीर हुए।

आरण्या, मेरी सलाह इतनी ही, हमारे जीवन का जो अध्याय चल रहा है, उसमें सभी दिनों को एक समान मानो।

आरण्या मैत्री भाव से बोली—मैं अपने को उम्र में इतना बड़ा महसूस नहीं करती जितना आप मान रहे हैं। मेरे आसपास मेरा परिवार नहीं फैला हुआ कि मैं अपने में माँ, नानी, दादी की बूढ़ी छवि ही देखने लगूँ। ईशान, मुझे मेरा अपनापन निरंतरता का अहसास देता है।

ईशान खामोश बने रहे, जैसे बात में अतिशयोक्ति हो।

आरण्या मजाक करने लगी।

आपकी युवा छवि-छटा भी सिर्फ पीर पंजाल की हवाओं से ही नहीं दमक रही। पिछवाड़े धकेलने के लिए आपकी अपनी पैदा की हुई अगली पंक्ति बूढ़ा मानकर आपके वक्त को तय नहीं कर रही है। माता-पिता हर स्थिति को चुपचाप पीते हैं और जीते हैं। कुछ कह नहीं सकते।

आप बहुत-सी बातों को नकार रही हैं। परिवार एक गहरी गुँथी इकाई है। उसमें ममता, स्नेह और प्रेम की सीमाएँ नियंत्रित होती हैं। वह एक अनुशासन है।

आरण्या हँसने लगी।

ईशान, पुण्यशील परिवार की सूत्रबद्धता पर संवाद नहीं—आरक्षण और संरक्षण चाहिए।

ईशान शुष्क गंभीरता से बोले—हमारी सोच में गहरा अंतर है, लगभग विपरीत दिशाओं का-सा।

जी हाँ। जाग्रत और निद्राभिभूत का अंतर। आपके यहाँ आत्मज्ञान और मेरे यहाँ आराम-विश्राम। शायद इसलिए कि मैं कृष्णमूर्ति नहीं पढ़ती।

ईशान ने घेरकर आरण्या का माथा छुआ।

खूब आराम करो और जमकर काम करो। इस विवाद से तो हम दोनों कुछ भी न पा सकेंगे।

दो सयानी मुद्राएँ हँसने लगीं।

दरवाजे पर घंटी बज उठी।

नमस्कार !

नमस्कार ! आइए।

सरदार भगतसिंह।

न दुबले, न पतले, न मोटे। ऊँचे। लंबे।

अपनी तरह की कद-काठी से एक असाधारण व्यक्तित्व !

लंबे कदमों में मीलों लंबे बरसों की झलक। हर दो-तीन घंटों में खाने को कुछ-न-कुछ लेते हैं और फिर टहलकर हज़्म कर लेते हैं। उनका कहना है, मेरी अच्छी पाचन-शक्ति का एक ही कारण है—हर रोज मूली का पराँठा।

सरदार साहिब सप्ताह के अंत में अपने बड़े बेटे के यहाँ होते हैं, और सप्ताह

के आरंभ में छोटे बेटे के यहाँ। परिवार को पढ़ा-लिखा, सबके कैरियर बना वह अब भी अपनी दुनिया को साधे हैं।

पुराने अनुभव को साकार करने में लगे हैं। स्कूलों-संस्थानों को सलाह-सम्मति देते रहे हैं, सयानों की सेहत पर लेख लिखते हैं और अब एक पत्रिका वरिष्ठों के लिए प्रकाशित करने जा रहे हैं।

श्रीमती और श्री सुंदरम। एक-दूसरे के लिए बना यह युगल। श्रीमती सुंदरम शास्त्रीय संगीत में पारंगत। सप्ताह में तीन बार बच्चों की क्लास लेती हैं।

श्रीमती विक्रमराज को फोन कर दिया था न ! बेटे-बहू के अलग हो जाने के बाद कुछ अकेला महसूस करती हैं।

अकेले रहते-रहते जान लेंगी कि यह स्थिति भी कम अच्छी नहीं। अकेले होने पर आप अपने से दूर नहीं होते। अपने में खोजते हैं उन संभावनाओं को जो मूल्यवान हैं। आप अपने नजदीक होते जाते हैं।

श्रीमती भट्टाचार्य बोलीं—बच्चों की दुनिया निःसंदेह अब अलग है। इसे मान लेना भी जरूरी है। हाँ, पोते-पोती के न रहने से घरों की रौनक जरूर छिन गई लगती है।

प्रसाद बोले—समय बदला है। उसके साथ-साथ माता-पिता, दादा-दादी को भी बदलना होगा। यह तो हमेशा से होता चला आया है। सिलसिला आगे-पीछे का है।

रंगाचारी सपत्नीक पहुँचे। एक-दूसरे की मदद से जीते हुए। घनिष्ठ।

आरण्या कुछ दिलचस्पी से देखने लगी। यह सयाने नागरिक दयनीय तो बिलकुल नहीं लगते।

किताबों की बातें होने लगीं। अखबारों के संपादकीयों की। लायब्रेरी को नए शीर्षक मुहैया कराने की।

अपार्टमेंट के लगभग आधे फ्लैट्स मिश्रित क्षेत्रों के कोलाहल को गुँजाते हैं।

घर में गुजराती और बंगाली का सुखद सम्मिश्रण।

इला और आलोक देसाई।

अपने-अपने अनुशासन में गहरे तक संलग्न और व्यस्त। दिन के दबाव में सुबह सैर और यौगिक क्रियाएँ !

बनारस में पढ़े द्विवेदी आन पहुँचे !

लौकिक सुखों का वरदान पाए हुए। बंगाली गुरु की कृपा से उन तमाम संपदाओं से सुसज्जित जो हर गृहस्थ इस जीवन में पा लेना चाहता है। जितना मिला उतना तो कम लोगों को ही नसीब है। मेडिकल खर्चा बेटों के जिम्मे है। कंपनी का खुला खाता है। गिने-चुने संपन्न नागरिक की तरह हर छोटी-बड़ी बीमारी के लिए उन्हें एक अच्छे

महँगे नर्सिंग होम की सेवाएँ उपलब्ध हैं।

शरीर के छोटे-बड़े पुर्जे विकार से बरी किए जा सकते हैं। दिन का अदृश्यमान कोना भी प्रकाशवान रखा जा सकता है ! उस पर सुयोग और संयोग यह भी कि द्विवेदी की प्रज्ञा से अध्यात्म और चिंतन भी तरंगित होते ही रहते हैं। गुरु अमर हो चुके हैं पर आज भी शिष्य पर छाँव किए हैं।

दरवाजा फिर खुला और अंदर आए मिसेज और मिस्टर रे। इनके घर क्रिसमस और नए साल की पार्टी का इंतजार सभी पड़ोसियों और मित्रों को रहता है। ब्रांडी और मेवे भरा केक !

श्रीमती और श्री राजेन्द्र प्रसाद।

भगतसिंह कह रहे हैं—हम लोगों के लिए जरूरी है, अपने शरीर के स्वभाव को जानना, छोटी-बड़ी व्याधियों को पहचानना और डॉक्टर के पास पहुँचने से पहले अपनी नाड़ियों और कोशिकाओं को स्वचालित रखना।

सरदार साहिब ने अपनी योजना प्रस्तुत की इस प्रार्थना के साथ कि इस पत्रिका के लिए अपना सहयोग दें। पत्रिका प्रकाशित होने की तैयारी में है। रजिस्ट्रेशन नंबर, नाम, प्रेस का इंतजाम होते ही हम आपके अनुभवों से लाभ उठाना चाहेंगे।

बहादुर ने चाय लगा दी। केक के टुकड़े, नमकीन और संदेश। खाने के लिए इतना सबकुछ क्यों !

आरण्या की निगाह केक के टुकड़ों पर रुकी तो देखकर भौचक्की रह गई। बहादुर ने खुद ही काट दिए थे।

ईशान सबकी जानकारी के लिए बोले—आज आरण्या का जन्मदिन है।

आरण्या ने हँसकर कहा—आपका भी तो ईशान !

बधाई आप दोनों को।

धन्यवाद !

देसाई बोले—दिलचस्प ! एक ही अपार्टमेंट के दो पड़ोसियों का जन्मदिन एक ही दिन !

क्या बरस भी एक है ?

ईशान और आरण्या दोनों हँसते रहे।

यह बात हम आप सबसे गुप्त ही रखेंगे।

मगर क्यों !

किचन के दरवाजे में खड़ा बहादुर एकटक कान लगा इधर ही देख रहा था।

जाने कैसा लगने लगा था !

कुटिल-सी मुसकराहट आँखों तक फैल गई थी।

देर के लिए माफी माँगते हुए साहनी पहुँच गए।

माफ करें। जमुना किनारे की झुग्गियों से लौटने में देर हो गई। बच्चों को बस्ते और स्लेट-पैंसिलें बाँटनी थीं। खुशी में उनके चेहरे देखने लायक थे। आप लोग सहयोग दें तो रियायती दामों में इनके लिए कंबल खरीद लिये जाएँ। आप सबकी ओर से अगर एक-एक हो जाए तो—

खादी भंडार से खरीदिए, वही गर्म रहेंगे !

ईशान अंदर गए।

लौटकर साहनी को लिफाफा पकड़ा दिया।

आरण्या, आपकी ओर से भी रख दिया है ! मुझे लौटा दीजिएगा !

धन्यवाद !

बहादुर ने चौकन्ने होकर देखा। आँखों पर कोई छाया-सी आई और गुम हो गई।

साहनी ने हाथ से सूची लेकर पूछा—अगर हर घर से कुछ पत्र-पत्रिकाएँ मिल जाएँ। तो कैसा ! अगले इतवार तक हम उठवा लेंगे !

अगर अपनी लायब्रेरी में पहुँचा दें तो कैसा।

चाय के दूसरे प्याले खाली होते ही साथ ही संवाद शुरू हो गया !

संवाद के बाद आरण्या कुछ देर को रुक गई !

आरण्या ने ताजे प्याले की फरमाइश की।

बहादुर ने जल्दी-जल्दी मेज खाली कर दी।

ताजी चाय की ट्रे आ गई !

आरण्या ने कहा—केक की ट्रे भी इधर ले आइए।

जवाब नदारद।

फिर दोहराया—बहादुर, केक यहाँ मेज पर रख दो।

कोई जवाब नहीं।

नल चलता रहा और बहादुर खामोश रहा !

आरण्या ने मेज की ओर देखा।

केक नहीं था।

उठकर किचन की ओर झाँका। धुली हुई ट्रे उलटी पड़ी थी और वाश-बेसिन में बर्तन धुल रहे थे।

धीमे से पूछा—केक कहाँ रख दिया !

वह तो फेंक दिए !

बहादुर ने कचरेवाली बाल्टी की ओर इशारा किया।

क्यों !

वह ठीक नहीं। उसे साहिब को नहीं खिलाना। कभी नहीं। बहादुर बड़बड़ाने लगा—कोने में पिशाच बैठा है ! पिशाच। रात्रि है, और सूरज इसका घर्षण करेगा ! भ्रष्ट मक्खन, टिक्की, बोतल, मांस-रोट चढ़ाऊँगा अमावस्या को—

हाँ, मेरा नरसिंह देवता इसको खाने नहीं देगा।

बहादुर की आँखें मैली खूँख्वार लाल में बदल गईं। दराँती का-सा शोर अबूझ आवाजों में से उठा और कमरे में फैल गया।

बस। ईशान ने खाली गिलास बहादुर के हाथ में थमाया और सख्त आवाज में कहा—बहादुर, अंदर जाओ किचन में।

आरण्या जाने कैसी आँखों से दोनों को देखती रही, फिर ऐसे ज्यों कटार से शब्द काटती हो—

ओह, एक पूरा केक और बाकी बचे हुए टुकड़े कचरे में फेंक दिए गए हैं।

ईशान कुछ क्षण असमंजस में खामोश हुए रहे। फिर धीरे से कहा—मुझे दुःख है आरण्या, ऐसा नहीं होना चाहिए था। इसके सिर पर देवता सवार हो जाता है। पहाड़ के लोगों की यह बीमारी है। 'शमन' के बारे में तो जाननी होंगी। वही।

मैं कुछ नहीं जानती। बस इतना कि इसने मेरे जन्मदिन के केक को कूड़े में पटक दिया है।

आरण्या, कोशिश करो मेरी बात समझने की। इसे मालूम नहीं कि यह क्या कर रहा है। इस पर नरसिंह उतरता है।

आप ऐसी बातों पर विश्वास रखते हैं। नरसिंह और नीचसिंह—यह आपकी उलझन होगी, मेरी नहीं।

बहादुर होश में नहीं होता। समझो कि यह मानसिक व्याधि है।

व्याधि या उपाधि—मुझे कुछ जानना नहीं। इतना कहे देती हूँ कि ऐसे अंधकार और अंधविश्वास को उचित समझने और ठहराने को मैं गलत समझती हूँ।

मैं जा रही हूँ—

आरण्या दरवाजे के बाहर हो गई।

जन्मदिन !

केक !

और !

पहाड़ी शमन।

क्या बंदिश बनी है !

दरवाजा खोला। किचन में जा कैटल ऑन की। चाय डाल मेज पर रखी।

किचन में कूड़ेदान में झाँका। जन्मदिन वहीं पड़ा पाया ! केक के टुकड़े ईशान के कूड़ेदान में। कितनी फूहड़ शाम।

आँखें चढ़ाए, पगलाया हुआ बहादुर।

आरण्या के जन्मदिन के पार देख रहा है ! वह खूँख्वार मुद्रा।

आरण्या !

फोन पर ईशान थे।

मैं कुछ देर के लिए आना चाहता हूँ। आरण्या, क्या आ सकता हूँ।

नहीं ईशान, मैं परेशान हूँ। आपसे बात नहीं कर सकूँगी ! फिर कभी मिलेंगे

मैं आ रहा हूँ।

घंटी बजी।

आरण्या ने दरवाजा खोला। बोली नहीं। संकेत से कहा—बैठिए !

आरण्या, मुझे दुःख है—ऐसा नहीं होना चाहिए था।

मुझे माफी माँगनी है तुमसे ! इसीलिए आया हूँ।

जरूरत नहीं थी ! आपकी ओर से माफी क्यों ! उसे माँगनी चाहिए—जिसने यह हिमाकत की है।

आरण्या, जब उसके सिर पर देवता सवार होता है तो उसे अपना होश नहीं रहता।

जानती हूँ। देख लिया है। उसका हाथ खुद-ब-खुद कूड़ेदान की ओर चला जाता है न !

ईशान नम्र स्वर में बोले -बचपन से मेरे पास है। दिमाग में कमजोरी है। पीछे बीमार हुआ तो सिर का ऑपरेशन करवाना पड़ा। चलने-फिरने लायक हुआ तो कहने लगा, मेरा देवता नरसिंह है। मुझे वह दीखता है। उसी ने मुझे बचा लिया है।

आरण्या गुस्सा गई—

मुझसे यह सब न कहिए। मुझे अंधविश्वासों में ज्योतियाँ नहीं दिखती हैं, न ही वह अंधकारी देवताओं के नाम पर आदिम वृत्तियों की प्रज्ज्वलित होती सात जिह्वाओंवाली अग्नि-लपटें।

मेरी बात तो सुनें, आरण्या !

नहीं ईशान, ऑपरेशन के बाद क्या इसके दिमाग में देवता की डिस्क लगा दी गई है ! वहीं ! सर्जन का काम रहा होगा !

आरण्या, जो हो गया सो हो गया। उस स्थिति को अब लौटाया नहीं जा सकता। भूत-प्रेत, जादू-टोना अशिक्षितों को ही अभिभूत करते हैं, भयभीत करते हैं।

ईशान, मुझे अकेला छोड़ दें ! मैं, क्यों परेशान हूँ यह आप नहीं समझेंगे।

ईशान ने आरण्या का हाथ छुआ—जानता हूँ, आरण्या ! इस बात को हम भूल क्यों न जाएँ !

आप जो कह रहे हैं मुझे उस पर आपत्ति है। आप पूरी घटना का सामान्यीकरण कर रहे हैं।

नहीं, आरण्या ! बहादुर लगभग अनपढ़ है।

होगा। ईशान, शुभाशुभ को विवेक से देखने की सारी राजनीति आप मुझी पर लाद रहे हैं। भला ऐसा क्यों ?

क्षमाप्रार्थी हूँ। हाँ, आपकी बात को पहले से कहीं अच्छी तरह समझ रहा हूँ।

मेरे यहाँ खाना बना हुआ है। वहीं चलते हैं।

नहीं ईशान ! मैं आपके यहाँ नहीं आ रही। सोने से पहले दूध ले लूँगी।

कुछ देर खामोशी छाई रही।

आरण्या ने पूछा—क्या ऐसा पहली बार हुआ है !

नहीं। पिछली सर्दियों की बात है—सामनेवाले पड़ौसी भगवती-दर्शन को गए थे। लौटे तो प्रसाद भिजवाया। कटोरी खाने की मेज पर रखी थी।

खाने के बाद जैसे ही फल रखने आया—नज़र से प्रसाद की कटोरी को देखा। देखता रहा। आँखें लाल हो आईं।

मैंने हाथ से जाने का इशारा किया कि उसके गले से दराँती की-सी आवाज निकली। कटकटाती-सी। समझ नहीं पाया कि क्या कह रहा है।

कटोरी पर नज़र गड़ाए रहा। एकाएक इसका लमढींग बदन थरथराने-सा लगा। चीखकर कटोरी की ओर देखकर कहा—नरसिंह देवता कहता है यह दूषित है। इसको छूना नहीं।

गले में घरघराता शोर जैसे किसी गुफा में गूँज रहा हो। वह भयानक लग रहा था।

मैंने सख़्ती से कहा—जाओ अंदर।

नल खुला है—बंद करो।

देर तक किचन से बड़बड़ाने की आवाज़ आती रही। फिर धीरे-धीरे आप ही चुप हो गया।

जबसे इसका ऑपरेशन हुआ है, कहता है नरसिंह ने इसे बचाया है। घरवालों का कहना है कि इस पर देवता उतरता है। आप विश्वास करते हैं ?

कुछ नहीं कह सकता, आरण्या ! बच्चा था तो मेरे पास आया था। अब इसके अपने बच्चे हैं। पहाड़ के लोग 'शमन' की बात कहते हैं। नहीं जानता कि यह अंधविश्वास है कि किन्हीं आदिम वृत्तियों का भय-संकेत।

आरण्या के चेहरे पर नजर टिकाए ईशान कुछ देर सोचते रहे। फिर अनुरोध किया—चाहो तो खाने के लिए कहीं बाहर चलें।

आरण्या कुछ देर अपने को तैयार करती रही, फिर जैसे कोई सहल-सरल क्षण आँखों के आगे लपका हो।

उत्साहित होकर कहा—

बाहर चलते हैं।

आती हूँ कोट लेकर।

आठ

बूढ़े सयानों की टोली हर शाम इस छोटे-से बगीचे में पहले टहलती है, फिर बतियाती है। डी.डी.ए. की बदौलत। नागरिक कृतज्ञ हैं इस छुटके-से बगीचे में बिछी हरियाली घास के लिए। फूलों की क्यारियों और लतरों के लिए। न होता यह सुहावना टुकड़ा तो देखती रहतीं यह आँखें सीमेंट के अपार्टमेंट-जंगल को। कम-से-कम यहाँ हवा तो ताजी है। घास में लगे बेल-बूटों की तरह छोटे-छोटे फूल जंगलों को सुख देते हैं। हर शाम सुखकर लगते हैं।

सुख है, क्योंकि हवा है, धूप है, जल है। धरती पर हरियाली है और इस तन में धड़कती साँस है। निःसंदेह हम पुराने हैं, फिर भी यह समय निस्तेज नहीं। घर से बाहर निकालते हैं। भाँति-भाँति की सब्जियाँ-फल खरीदकर लौटते हैं परिवार के कोलाहल के सान्निध्य में, जो कभी स्वयं हमने अपने परिश्रम से गूँथा था।

कामकाज से छुट्टी पा इसे भोगना भी सुख है जीने का। बहू-बेटों की नजरों में रुखाई, अवज्ञा, उदासीनता कुछ भी दीखते रहें—परिवार के साथ होने का सुख है गहरा। रहती है आत्मा शांत कि सभी कोई पास हैं। अपने साथ हैं। शेयर के भाव ऊपर चढ़ें

या गिरें। उस चिंता का क्रय-विक्रय दूसरा है।

यह समय कितना ताजा, कितना कीमती है ! बेंच पर बैठकर बातें करते लगता है, अपनी मेहनत और कमाई की पोटली अभी भी हाथ से सरकी नहीं। इसी वजूद से सटी हुई है ! यह अलग बात है कि परिवारों में बड़े-बूढ़ों के अधिकार कमतर और 'हाँ' 'न' का संकोच ज्यादा है। पीढ़ी सरक जाए तो अख्तियार खुद ही आधे-पौने हो जाते हैं। बहू-बेटों की मरजी-मुताबिक चलना है। वह जैसा चाहें, रहते रहें। हम क्यों तानाशाह बने हुक्म चलाते रहें।

बहू-बेटों की आनाकानी, आँखें चुराना, हमारी भूली-बिसरी गलतियाँ जताना—सबकुछ है गृहस्थी में, पर अपने पिछले वक्त अपने पोते-पोतियों से दादू, दद्दा, दादाजी सुनना भी कितना भला !

नौ

सयानी बैठक ने सेहत, दवाइयाँ, डॉक्टर, परहेज, योग पर बात करते-करते विषय परिवर्तन कर लिया। पेंशन, प्रोविडेंट फंड, महँगाई बढ़ोतरी—पास की बेंच से उठकर आरण्या चलते-चलते बगीचे के दूसरे किनारे पर चक्कर लगाने लगी। एक साहब, जिनकी सिर्फ पीठ ही दीख रही थी—ऊँचे-ऊँचे कह रहे थे—वक्त बदल गए हैं। खिलाई-पिलाई इतनी महँगी कि देखते रहते हैं, कब दिन फिरें और हम भी वही करें जो अपने पराए होकर किया करते हैं।

इन दोनों के बीच छितरी अकेले-दुकेलों की भीड़ अपने में ही लीन-तल्लीन। खाने-पहनने में अपना ध्यान और अपनी ही भक्ति और दूसरे जरूरतमंदों में कुछ बाँटने की शक्ति। कभी-कभी तो आँखें भी कहती लगती हैं कि वरिष्ठ नागरिक, तुम काफी जी चुके हो। अब यह सीट खाली करो तो नयों को जगह मिले।

सयाने अपने और दूसरों पर नजर रखते हैं। कौन जाने की इंतजार में है, कौन पंचांग में साइत निरख अनमना-उदास हो जाता है।

कौन आए दिन खयालों ही खयालों में अपनी लिखी वसीयत बदलता है।

एक को बँगला देता है, दूसरे को फ्लैट।

बेटे की मूठ भरता है, बेटी को उसके अधिकार से वंचित करता है।

कोई अपने पुराने रागात्मक संबंधों को कचरा मान कूड़े में फेंक देता है और नया पत्नीव्रत धारण करता है।

जाने से पहले अपनी निकटतम प्रक्रिया की मोहर लगाता है परिवार के हक में।

पुरानी व्यवस्था अब भी कायम है नए बदलावों के साथ। लड़के और लड़की में भेद ! परिवार में पुत्री और पुत्र का अबोला द्वंद्व जारी है। गर्भ में ही पुत्रियों की हत्या और पुत्रों के संरक्षण-साधन। भाई-बहनों में झगड़े चलते रहते हैं ! कानून बन चुके हैं, मगर उन्हें लागू कौन करेगा !

माता-पिता ही तो।

इस श्रेणी के बाहर जो पड़ते हैं उन्होंने न इन शर्तों को अपने पर लागू किया हुआ है, न ही परायों पर।

जब तक हम हैं तो रहेंगे ही वैसे ही जैसे रहा जाता है।

परिवारों के बाहर हो जाने का कथानक और तर्क इससे बिलकुल अलग। अगर आप परिवार के बाहर खड़े हैं तो परिवार के मिथक भी अपनी हदों से दूर तेवर चढ़ाए घूरते रहते हैं। परिवार अब भी अंतर्संबंधों की नई-पुरानी तारीखोंवाला संस्करण मात्र।

व्यक्ति इसमें कैसे समाएगा !

वह पनपेगा इसके बाहर की प्रयोगशाला में। उसे जुटाना होगा अपने बल-बूते पर। भ्रम है कि भरोसा।

लगता है धीरे-धीरे पुराने समयवाले परिवर्तन नए में घुल-मिल जाएँगे और नए पुराने पड़ते जाएँगे। सुविधाओं के सच बड़े होते जाएँगे और संबंधों के विश्वास सिकुड़ते जाएँगे।

दस

बाहर से देखा, फाटक बंद था।

खिड़कियाँ बंद थीं।

गैराज बंद था।

हाथ ऊँचा कर फाटक खोला। आवाज हुई और उसके साथ ही एक सहमी-सी, डरी, कर्कश आवाज उभरी।

कौन है !

कौन हो !

खोकी, देखो बाहर कौन है।

ईशान और आरण्या पोर्च की ओर बढ़े।

किनारे के बेडरूम की खिड़की का परदा हिला और ग्रिल में से झाँक गया एक बीमार बूढ़ा चेहरा। कामिनी।

ईशान खिड़की के पास जा खड़े हुए।

कैसी हो कामिनी ! बहुत दिन हो गए थे तुमसे मिले।

अंदर की बेरंग तस्वीर बाहर की ओर घूरती रही।

ईशान को पहचानकर खोकी को आवाज दी।

जवाब न पा ईशान से कहा—गैराज के पीछे जाकर खूकू को बुलाओ। ताली उसी के पास है। वही मेरा दरवाजा बाहर से खोलेगी। ताला पड़ा है।

खूकू, मेमसाहिब के कमरे का दरवाजा खोलो।

धोती को कमर में खोंसे खूकू ने पल्ले से बँधी ताली से दरवाजा खोला। मेहमानों को ड्राइंग रूम में बिठाया।

दरवाजे से बाहर आती कामिनी को रोककर कहा—ठहरिए, मेमसाहिब, पहले धोती बदल लो ! मैं निकालती हूँ।

नहीं, अभी नहाई नहीं हूँ। बाद में बदल लूँगी।

इस पर बहुत सलवटें पड़ी हैं मेमसाहिब !

आरण्या और ईशान बैठक में जा बैठे। दीवारों पर लटकती पेंटिंग्स। देश-विदेश के स्मृति-चिन्ह !

बनारस, इलाहाबाद में पढ़ी कामिनी की पोस्टिंग कभी लंदन में थी। पहचान थी उसकी सुंदरता। फुर्तीली और चुस्त।

साफ-सुथरी साड़ी में पुरानी वीरान-सी कामिनी कमरे में दाखिल हुई।

खूकू ने सोफे की कुर्सी को झाड़ा। धूल की पतली गर्द उठी कि कामिनी के पुराने हस्ताक्षर जैसे फाइल पर चमक उठे हों !

क्या कह रही हो खूकू, क्या हर रोज झाड़-पोंछ नहीं करती !

खूकू छिपी मुसकराहट पर खामोशी ओढ़े रही।

बैठिए मेमसाहिब, अब ठीक हैं न।

हाँ।

कामिनी बैठी और अजब निगाह से कमरे को देखती रही, जैसे किसी पड़ोसी का घर हो !

ईशान ने पूछा—पहले से बेहतर महसूस कर रही हैं न !

कामिनी पास खड़ी खूकू की ओर देखने लगी, मानो उसके चेहरे पर से कोई संकेत लेती हो।

खूकू बोली—पहले से बहुत फर्क है ! है न मेमसाहिब !

कामिनी ने सिर हिला दिया—हाँ।

फिर एकाएक खीझकर कहा—सुबह की दवा देना भूल गई हो तुम।

नहीं मेमसाहिब, आपको याद नहीं रहा, आपको दे चुकी हूँ।

जब मैंने ली नहीं तो तुमने खिलाई किसको ! जाओ, पहले दवा लेकर आओ।

इस बार खूकू ने ईशान और आरण्या की ओर देखा, और होंठों से मुसकराती हुई बाहर हो गई।

कामिनी बोली—मेरी बात सुनो ईशान, अगर कभी बैंक में दस्तखत न मिलें तो क्या करना होगा।

सुनकर ईशान कुछ परेशान-से देखने लगे ! सतर्क चौकस कामिनी अब कहाँ है।

आरण्या ने देखा, कामिनी का दायाँ हाथ पल्लू के नीचे है और उस पर हल्की-सी फड़फड़ाहट जारी है।

बैंक मैनेजर से ही मिलना ठीक होगा। उस बैंक का अकाउंटेंट भी आपके दस्तखत को प्रमाणित कर सकता है ! कई बार दस्तखत करते वक्त लिखावट में कुछ फर्क हो जाता है।

फिर बैंक मैनेजर भी बदलते रहते हैं न !

कामिनी ने ध्यान से सुन रही खूकू की ओर देखा और भड़ककर कहा—तुम क्या सुन रही हो, जाकर अपना काम देखो।

मेमसाहिब, पैसे तो मैं ही बैंक से लाती हूँ। मुझे भी यह जानना जरूरी है, क्यों साहिब !

हाँ।

खूकू शोखी से बोली—मेमसाहिब ने 'लॉकर' की डुप्लीकेट भी खो दी है।

ईशान और आरण्या चौंककर एक-दूसरे को देखने लगे। लॉकर की ताली ढूँढ़ी जा रही है।

जरूरत से ज्यादा दिलचस्पी।

कामिनी जाने किस सोच में डूबी रही। फिर गुस्से से कहा—जाओ, चाय बनाकर लाओ।

उत्तर की ओर खुलते कमरे के अंदर की झीनी-सी धूप-छाँह अब गाढ़ी हो आई।

आरण्या ने बाहर देखा। ऊपर चढ़ती लतर के हरे, सूखे पत्ते दोहरे मौसम को ताक रहे थे।

पत्तों की तरह गिरना—निःशब्द, क्या हमारी भी नियति ऐसी नहीं !

एक लंबा साँस ले कामिनी की ओर देखा।

कमरे में हवा नहीं।

उठकर ऊँचा चौड़ा काँच का दरवाजा खोल दिया तो हवा का झोंका कमरे में आ दुबका।

बैठे-बैठे कामिनी की आँखें मुँदने लगीं।

ईशान उठे।

एक कुशन लेकर कामिनी के सिर के लिए टेकन की कि कामिनी चौंककर चीखी—

कौन ! क्या कर रहे हो तुम यहाँ !

मैंने कुशन रखा है कि आराम से बैठ सको, कामिनी !

कामिनी जैसे कमरे में लौट आई हो। कई देर ईशान की ओर देखती रही ! फिर आरण्या की ओर—

धन्यवाद ईशान, तुम लक्ष्मी को भूल गए हो !

ईशान ने कामिनी को धीमे से कंधे पर छुआ और हँसकर कहा—कामिनी, तुम अब भी अपनी सखी की तरफदारी कर रही हो !

कामिनी जाने क्यों हँसी।

तुम्हें अच्छे से जानती हूँ। तुम दूसरों से नहीं—अपने से लड़ते रहते हो ! अपने से ही प्यार करते हो। आरण्या, क्या मैं गलत कह रही हूँ ?

आरण्या मुसकरा दी। कुछ तो बदला इस कमरे में !

इस बंद वीरान कीमती कमरे में बाहर की ताजी हवा !

दूर पिछवाड़े से चीनी के बर्तनों की खनक।

कामिनी एकाएक भयभीत हो चीखने लगी—

खूकू, दरवाजा क्यों खोल दिया ! चाहती हो मुझे फिर ब्रोन्काइटस हो जाए ! क्या पहले बीमारियों की कमी है !

आरण्या फुर्ती से उठी और दरवाजा बंद कर दिया।

कामिनी नरम स्वर में बोली—धन्यवाद। यह लड़की इतनी खच्चर है कि चाहती है मैं किसी-न-किसी बीमारी से पलंग से लगी ही रहूँ ! और इसके मौज-मजे जारी रहें।

आरण्या चुपके से ईशान की ओर देखने लगी।

खूकू ने चाय की ट्रे मेज पर रख दी।

दवा की प्याली मेमसाहिब के आगे की—लीजिए !

कामिनी ने ट्रे की ओर नजर घुमाई।

क्या चाय के साथ कुछ खाने को नहीं लाई !

बिस्कुट हैं, ले आऊँ !

हाँ ! फ्रिज में मिठाई भी रखी होगी !

खूकू ही-ही करके हँसने लगी।

बाप रे बाप ! मेमसाहिब, क्या तीन महीने पुरानी मिठाई अब तक रखी होगी ! वह तो कब की खतम हो गई !

कैसे !

पड़ी-पड़ी बासी हो रही थी। मैंने बच्चों में बाँट दी !

कामिनी की आँखों में ठंडा रोष घिर आया। जैसे मन-ही-मन सुझाया हो—अब इस घर की मालकिन यह बंगालिन है, मैं नहीं।

जाओ, मार्कीट से बरफी या रसगुल्ले पकड़ लाओ।

ईशान बोले—हम नाश्ता करते ही चल पड़े थे। कुछ भी खाने की गुंजाइश नहीं।

प्यालों में चाय उँड़ेलते ही आरण्या के पाँव के तलवे सरसराने लगे। गले की खराश से मानो फेफड़ों में ऑक्सीजन की कमी हो गई हो।

हाथ से केतली ट्रे में रखते-रखते फर्श पर नजर पड़ी।

रंग-बिरंगा कश्मीरी कालीन अधमरा, बेरौनक-सा दीखने लगा था, ज्यों उसे भी अपनी सुध न हो।

जब यह घर पहले-पहल बना होगा तभी शायद कालीन से सजा होगा यह फर्श।

दीवारों पर चित्र भी लगे होंगे।

ईशान, भैया और भाभी मुझे फार्महाउस पर बुला रहे हैं !

ईशान ने उत्साहित हो कहा—जरूर जाओ कामिनी ! ताजी हवा, धूप, हरियाली देख जल्दी स्वस्थ हो जाओगी !

कामिनी गंभीर हुई सुनती रही, फिर खिलखिलाकर हँसने लगी मानो बेहोशी में हो।

कामिनी, आपको सचमुच वहाँ अच्छा लगेगा।

कामिनी की हँसी रुकी तो चेहरे पर कोई अँधियारी घटा उतर आई।

भैया और भाभी अपने घर में नहीं बुला रहे। फार्म पर। वहाँ तो मैदान साफ है ! कोई भी मेरा गला घोंट सकता है।

नहीं-नहीं, कामिनी, हर किसी पर शक करना अच्छी बात नहीं। वही तुम्हारे निकट संबंधी हैं ! तुमने हमेशा उनकी देखभाल की है, वह क्यों न तुम्हें चाहेंगे !

आरण्या और ईशान ने एक साथ दरवाजे की ओर देखा।

बाहर की ओर दीवार से लगकर खूकू खड़ी थी।

ईशान ने आवाज देकर कहा—खूकू केतली में ताजा पानी ले आओ।

उसे ट्रे उठाते देख कामिनी बेबसी से बरसने लगी।

तुम तो यहीं खड़ी थी न ! मैं जानती थी तुम यहीं दरवाजे के साथ लगी खड़ी

होगी। इतना कन-रस। ईशान, उन लोगों ने इसकी आदत बिगाड़ दी है। यह उन्हें खबरें देती है और एवज़ में उनसे पैसे लेती है।

मेमसाहिब, आप ऐसा कहती रहेंगी तो मैं काम नहीं करूँगी ! हमारा हिसाब कर दीजिए।

जाओ, पहले चाय लाओ।

कमरे से निकलते हुए खूकू की चाल में चुस्ती थी।

आरण्या बोली—ऊपर की एनेक्सी में किराएदार रख लें तो कैसा ! इसकी भी निगरानी रहेगी।

कामिनी कुछ बोली नहीं। फिर ईशान को संकेत से अपनी ओर बुलाया।

मुझे दलाल बता गया है कि भाई ने मेरे घर का सौदा कर लिया है। बयाना ले चुका है ! खूकू ने मुझे नहीं बताया पर बिल्डर दो बार घर को आगे-पीछे और अंदर से देख गया है। मैं तब सोई पड़ी थी।

ईशान और आरण्या के कानों पर संदेह और अविश्वास उतर आया।

सोचा, क्या सचमुच कामिनी के दिमाग का फितूर है। मालूम होता है कि खून की कमी है। जाने क्या सोच रही है और क्या देख रही है। होश-हवास गड़बड़ा गए हैं। लगता है याददाश्त भी साथ नहीं दे रही। इस हाल में बिचारी खूकू भी क्या मदद कर सकती है। घर की नौकरानी ही तो है।

कामिनी बोली—एक रात देखा तो मेरी डॉक्यूमेंट फाइल में घर के पेपर नहीं थे। अगली रात यह बाहर ताला डालकर चली गई तो फिर अलमारी खोली। सब खाने छान मारे ! फाइल खोली तो असली की जगह फोटोस्टेट कॉपी रखी थी।...असली अब मेरे पास नहीं हैं।

आरण्या की गर्दन फड़फड़ाने लगी।

क्या है यह, भय-डर कि आनेवाले दिनों की सूचना।

आरण्या उठ खड़ी हुई।

ईशान, मुझे मार्कीट तक जाना है ! आधे घंटे में लौट आऊँगी।

फिर कामिनी की ओर मुड़कर कहा—कुछ मँगवाना हो तो कहिए लेती आऊँगी !

खूकू को फिर आवाज दी गई।

मेरी टेबल से मेरा नुस्खा ले आओ। साथ ही एक लिस्ट भी पड़ी होगी। रुपए भी निकाल लाओ।

सब कुछ आरण्या को थमा दिया गया और वह घर से बाहर निकल आई।

हवा—हवा।

कितनी घुटन ! इतनी कि साँस न आए।

ईशान ने खूकू से पूछा–मेमसाहिब की अलमारी की ताली तुम्हारे पास ही रहती है न ?

कभी मेमसाहिब के पास होती है और कभी मेरे पास। उन्हें कुछ याद नहीं रहता। कहीं रख देती हैं और मुझ पर बरसने लगती हैं। क्या करूँ साहिब, मुझे ऐसी नौकरी छोड़ देनी चाहिए पर इनकी हालत पर तरस आता है।

इन्हें अपनी माँ की ही तरह समझो। तुम्हारे जिम्मे इनकी सेवा लगी है–मन से करोगी तो फल भी मिलेगा। भगवान खुश होंगे।

अंदर से कामिनी आवाजें दे रही थी–अलमारी बंद करके ताली मुझे दे दो।

लाती हूँ मेमसाहिब !

साहिब, गैराज के ऊपरवाले कमरे में रहती हूँ। मेमसाहिब से कहकर वह मेरे नाम करवा दीजिए।

ईशान चौंके। संयत स्वर में कहा–ऐसा कैसे हो सकता है खूकू ?

साहिब, मेमसाहिब का कुछ रहनेवाला नहीं। भाई लोग घर बेच चुके हैं। मेरे पास इनके हाथ का कागद होगा तो मेरे भी दस-बीस हजार बन जाएँगे।

इनके भाई इन्हें कब मिलने आए थे।

वह मेमसाहिब से नहीं मिलते। हफ्ते में तीन-चार बार ठेकेदार-इंजीनियर के साथ आते हैं। बाहर से ही चले जाते हैं।

मेमसाहिब कुछ...

वह तो सोई रहती हैं। डॉक्टर शायद उन्हें नींद की गोली देता होगा। सोई रहती हैं बेखबर। साहिब, एक दिन होश में थीं। भाई को बाहर खड़े देखा तो उस पर बोलने लगीं। बहुत गाली-गलौज हुआ। लोग इकट्ठे हो गए।

नींद की गोली क्या डॉक्टर साहिब के नुस्खे में लिखी है ?

साहिब, हमें तो मालूम नहीं। जो लिखा होता है उसे कैमिस्ट से ला देती हूँ !

क्या नुस्खा पढ़ लेती हो कि दवा कब और कैसे देनी है।

खूकू तुनक उठी। साहिब, आप तो हमीं पर शक करने लगे। कैमिस्ट से हम निशान लगवाकर लाते हैं।

उनका फोन नंबर है न तुम्हारे पास ? जरा मिलाओ। मैं बात करूँगा उनसे।

खूकू गहरी सोच में कुछ देर खड़ी रही।

फिर धीमे से कहा–दो-दो डॉक्टर हैं, साहिब, एक नहीं। हर मंगल को भाई लोग का डॉक्टर आता है। जैसे कहता है मैं वैसे ही करती हूँ।

और दूसरा !

मेमसाहिब का पुराना डॉक्टर है। वह क्या बोलता है मुझे कुछ समझ नहीं आता।

ईशान को अंदर की ओर मुड़ते देख खूकू बोली—बड़े भाई मुझसे बोल गए हैं कि दो-चार दिन में इन्हें नर्सिंग होम में भेज देंगे। साहिब, मुझसे मेमसाहिब की तालियाँ माँग रहे हैं। मैं कब तक उनसे छिपाती रहूँगी।

ईशान ने तेज कदम उठा अंदर झाँका।

कामिनी की आँखें मुँदी थीं और सिर के नीचे की कुशन खिसककर सोफे के कोने से लगी थी।

लगा, उसे हाथ से छूकर देखें—ठीक तो है।

फिर जाने कैसी हड़बड़ाहट में कमरे से बाहर निकल आए।

खूकू ने कामिनी के कमरे का दरवाजा भिड़ा दिया था।

अच्छा खूकू अब चलते हैं—मेमसाहिब का खयाल रखना।

जी साहिब—मेरे कमरे के लिए वह कागद...

यह काम मेमसाहिब के भाई ही कर सकेंगे। आएँ तो उन्हीं से बात करो।

आरण्या लगभग भागती हुई आई और दवा का पैकेट खूकू को पकड़ाया।

दूसरा पैकेट थमाकर कहा—इसमें आइसक्रीम और पाइनएप्पल केक हैं। मेमसाहिब को देना जरूर। उन्हें खाने में आसानी रहेगी।

जी !

खूकू की आँखें चमकने लगी थीं। आरण्या ने कुछ रुपए आगे किए।

बच्चों के लिए आइसक्रीम नहीं लाई। सोचकर कि जब तुम ठीक समझो उन्हें खिला दोगी।

खूकू ने सिर हिलाया—जी साहिब !

लालो कामिनी से कितनी अलग। किस आत्मविश्वास से उसने कैरियर बनाया। अपने को सँवारा। आज इस उम्र में भी अपनी देखभाल कर रही है। व्यक्तित्व सिर्फ सुविधाओं से ही नहीं पनपता। वह बनता है समझ और अनुभव से।

दस किलोमीटर लंबी चुप्पी कार की गति के साथ आगे-आगे बढ़ती चली।

एक-दूसरे को कुछ कहने को था ही क्या !

दिल-मन के तलघर में जैसे कोई सन्नाटा उतर आया हो। हम भी क्या इसी में

से होकर गुजरनेवाले हैं ?

चुप्प !

नहीं-नहीं।

यह लंबा-चौड़ा पुल मिला रहा है दो किनारों को—उम्र के दो किनारे, और बस खत्म।

ईशान फाटक से अंदर दाखिल हुए। एक लंबा साँस बाहर फेंका और गैराज में गाड़ी पार्क कर दी।

अपार्टमेंट ब्लॉक, मंजिल और वाक-वे पर सूखती धुलाई—सब कुछ जाना-पहचाना। वैसा ही जैसा सुबह छोड़कर गए थे !

शुक्र है—यहाँ कुछ नहीं बदला।

दोनों बिना कुछ कहे अपने-अपने ब्लॉक की ओर बढ़ गए।

आरण्या ने दरवाजा खोला और सीधे गुसल में। हाथ-मुँह धोया। कपड़े बदले। बालों में ब्रश चलाया और जाने क्यों बाल कसकर बाँध लिये।

छोड़ दो—खत्म करो अब उम्र का भुलेखा। कामिनी तुमसे छोटी ही होगी। जो देखकर आई हो, उसे भूली नहीं।

ओफ्फ !

बार-बार कामिनी !

अपने को सख्ती से तरेरा—पीछे सरका दो। भूल जाओ उसकी बेबसी को, उसे मदद की जरूरत है। पर क्या सचमुच कोई एक-दूसरे के लिए कुछ कर सकता है ! ओल्ड-ऐज होम। वही एक इलाज। देख-रेख करनेवाले कहाँ हैं ! कहाँ हैं पुराने परिवार ! छोटी-बड़ी तल्खियों से तो वही अच्छे थे ! वही।

सामने की बालकनी से हरे-भरे गमले झाँक रहे हैं। खिड़की पर चढ़ी लतर पर चिड़िया फुदक रही है।

पर यह क्या ! गमले के पार भी कामिनी का पुराना मुख दीख रहा है। काश कि किसी घर की बालकनी में कामिनी भी उगी होती। उसके बरामदे में ही उगी होती। परिवार !

वह घर भी क्या घर था !

वहाँ धूप थी और नहीं थी।

हवा थी और न थी।

ऑक्सीजन जैसे किसी सिलैंडर में बंद थी !

बंद।

दरवाजे पर बाहर से ताला।

मेहनत से नौकरी की। पैसे की कमी नहीं।

नहीं, धन-संपत्ति है और कारगर नहीं।

पेंशन अर्जित किए हुए—अकेली कामिनी की यह हालत क्यों !

बदन पर बीमारी की साँकल और अंदर आत्मा छटपटा रही है। जल्दी ही पहुँच जाएगी नर्सिंग होम में और कोठी उठ जाएगी। नई इमारत। आरण्या लेटी-लेटी सोचती है, कामिनी, तुमने अपना भविष्य भी क्यों न देख लिया ! तुम तो बनारस से ज्योतिष पढ़कर आई थीं !

आरण्या ने झुँझलाकर संगीत लगा लिया। सितार की झनझनाहट से सिहरन-सी उठी और पूरे जिस्म में फैल गई।

क्या देह और आत्मा एक हैं !

नहीं, देह तो उसका खोल है।

देह की इतनी बेकद्री।

आरण्या ने मानो बंद आँखों से अपने सफर का अगला मोड़ देख लिया हो।

क्या दीखा !

अपने ने अपने से पूछा।

वही जिसे कोई देखना नहीं चाहता।

ईशान सोच रहे हैं।

दिल को दहलाती-सी दुपहरी। भला जाना भी क्यों जरूरी था !

गए बरस कामिनी बीमार हुई तो खूकू ने उन्हें फोन कर बुलाया था। कामिनी को दिल का दौरा पड़ा था और वह नर्सिंग होम में थी।

भाई-भतीजे इकट्ठे थे पर शिकायत यह थी कि चैक भी काटकर नहीं रखा हुआ। किसी का विश्वास नहीं करती और न अपना भेद किसी को देती है।

ईशान को अटपटा लगा था।

हफ्ते-भर बाद कामिनी खतरे से बाहर हुई। देखने गए तो ईशान से कहा—पच्चीस-पच्चीस

के दो चैक दे सकोगे ! जाने से पहले बिल देने होंगे। घर पहुँचकर लौटा सकूँगी।

ईशान ने दो चेक दिए थे और कामिनी ने लौटा दिए थे। एक शाम कामिनी को देखने गए तो कुछ ज्यादा देर रुक गए। कामिनी का भाई पास आ बैठा।

ईशान भाई, हमारी बहन सब पर शक करती है। इनके हिसाब का किसी को कुछ पता नहीं। न ही इनके स्वभाव का कुछ ऐतबार है। आज एक भांजा पसंद और कल दूसरा। भतीजों की ओर से बिलकुल लापरवाह। लक्ष्मी दीदी से तो अपनी सब बात कर लिया करती थीं। पता होगा आपको कहाँ-कहाँ इन्वेस्ट कर रखा है !

ईशान बोले—माफ करें, यह परिवार की बातें हैं, मैं कुछ नहीं जानता। मुझे खूकू का फोन मिला तो नर्सिंग होम पहुँच गया।

भाई ने अजीब रूखी आवाज में पूछा—आपको कितने का चैक लौटाया कामिनी ने ?

पच्चीस-पच्चीस के दो।

भाई ने तेवर चढ़ा लिये।

जो मेरा खर्च हुआ—उसकी बात ही नहीं !

जवाब में ईशान उठ खड़े हुए।

अब चलूँगा।

कामिनी और ईशान के बीच लंबे बरस फैले थे। ईशान की पत्नी लक्ष्मी और कामिनी गहरी दोस्त थीं। साथ-साथ पढ़ाती रही थीं। लक्ष्मी के जाने के बाद दोनों में कुछ उभरा था, जो सहज था। फिर न जाने दोनों ओर किसी अविश्वास के बोझ तले कुछ अटपटा-सा होकर रह गया।

क्या नियति !

क्या व्यावहारिक भविष्य की उलझनें !

भाग्यवादी हूँ, फिर यह सब क्या सोच रहा हूँ !

आरण्या कितनी भी धीरजवाली हो, जरूर परेशान होगी।

कामिनी के घुटन-भरे घर से निकल गई कि बाजार से कुछ खरीदने जाती हूँ। तीखा संवेदन...

व्यंग्य-भरी आँखों से देख रही थी खूकू को और हम दोनों को भी। कभी एक बारगी

चौकन्नी और कभी दूसरों से बेखबर अपने अंतर की तस्वीर में डूबी हुई। उसके अंदर क्या चल रहा है, यह कैसे जाना जा सकता है।

शाम। ईशान सोचते रहे, फोन करें या न करें। जाने वहाँ से लौटकर कैसा महसूस कर रही होगी।

नंबर मिलाया।

आरण्या, लंच में कुछ लिया न !

जी !

क्या भला !

चपाती और आमलेट, कल का थोड़ा पनीर रखा था।

लंबी खामोशी !

चाहो तो कुछ कैसेट पहुँचा सकता हूँ।

नहीं, धन्यवाद।

पछता रहा हूँ कि तुम्हें साथ चलने के लिए कहा। तुम्हें परेशान करने की जरूरत नहीं थी !

आरण्या ने कुछ धीमे से कहा—जाने क्यों भयभीत हो रही हूँ। डर। कामिनी के बहाने अपने आस-पास का सब कुछ तलाश रही हूँ।

आरण्या, क्या सही सुन रहा हूँ। डर और आप ?

ईशान, कुछ ऐसा कहें जो दिल को सुकून दे।

आरण्या, हम कर्म में स्वतंत्र हैं पर फल भोगने में परतंत्र।

ईशान, यह सूक्तियाँ भी नहीं। जानते हैं, कामिनी के यहाँ से लौटकर लग रहा है कि हमने भी किसी दूसरी दुनिया में कदम रख लिया है !

ऐसा क्यों सोच रही हैं ! इस दुनिया से हम अनजाने तो नहीं।

ईशान, वह मूक घायल कामिनी आपको अंदर तक वेध रही थी मानो उसकी इस हालत के जिम्मेदार तुम्हीं हो।

आरण्या, वह मेरी नहीं, लक्ष्मी की सखी थी।

आरण्या हँसने लगी।

आपसे कुछ पूछ नहीं रही। उसे जैसे देखा, बस उतना ही कह रही हूँ।

खाने के वक्त ईशान का फोन था।

हम एक साथ खाना लें तो कैसा।

ईशान, मैंने अभी कुछ पकाया नहीं है।

हॉट केस में यहाँ बन रहा है। पहुँचा दूँगा। सिर्फ पंद्रह मिनट इंतजार करना होगा।

धन्यवाद ईशान !

आरण्या उठी।

अपने को ताजा किया और मेज की सुध ली।

टेबल मैट्स, नैपकिन बदले और दो प्लेटें लगा दीं।

एक मेज पर दो प्लेटें !

जब तक चले—

ईशान ने खिचड़ी बनाई होगी, सब्जियाँ—ऊपर से मक्खन !

फ्रिज में से कुछ फल निकाले।

बाउल में रखे। लगा मेज खिल उठी है।

भूल जाओ दिन को। कामिनी की दुपहर को। इसका यही इलाज है।

अब शाम है।

याद रखो इतना ही कि हर दिन एक आशीर्वाद है।

दरवाजे पर घंटी थी।

आरण्या के सयाने पाँव चहकने लगे।

ईशान !

ग्यारह

पुराने झगड़ों के निपटारों में कभी गलत, कभी सही।

परिवारों से दूर छिटके अकेले वरिष्ठ नागरिकों की अपनी ही उलझनें और समस्याएँ। अपने स्वयं के आसपास घूमती रीति-नीति। अपने होने से जुड़ी हैं संभावनाएँ और बूढ़ी हो चुकी आकांक्षाएँ। तन-मन की ऊहापोह में झुँझलाते कभी शांत, कभी रोग-बीमारी और चिंताओं से परेशान।

रक्तचाप ऊँचा-नीचा। नब्ज कभी तेज कभी धीमी। परहेज नमक और चीनी का। डॉक्टर के नुस्खे मरीज की सामाजिक स्थितियों के अनुरूप।

परिवार के झंझट-झमेले ज़्यादा तो सी.जी.एच. की दवाइयाँ—दवाइयों के भुगतान।

साधन-संपन्नता अधिक हो तो मैडिकल टेस्टों की भरमार। बेटे जो कार्यरत हैं, उन्हें मिलते हैं दवा-दारू के अधिकार अपने माता-पिता के लिए !

इन सबके साथ चला करते हैं होम्योपैथिक और आयुर्वेदिक-यूनानी के सुझाव सेवन।

अलग-अलग परिवारों से निकल यह बूढ़े सयानों की टोली हर शाम इस छोटे-से बगीचे में आ जुटती है। घर से बाहर ताजी पीढ़ी की अंतरंग शामों से अलग। बेटे-बहुओं

को सहूलियत हो जाती है। घर-परिवार में अधिकार कमतर होते चले जाते हैं। आशीर्वाद के लिए नमस्कार, प्रणाम। एक संग परिवार में रहते जाने की गरमाहट का बोध और दबाव। दोनों। बुढ़ापे की यही अवस्था और यही व्यवस्था। जगह की कमी। बच्चे भी गलत नहीं। दो-तीन कमरों के घरों में दो पीढ़ियाँ किसी न किसी तरह एक-दूसरे को निभाती हैं।

बेटे-बेटियों के परिवारों के चर्चे। कोई अमरीका, इंग्लैंड, आस्ट्रेलिया, दुबई। छोटे बच्चों की देखभाल के लिए नानियों, दादियों की पुछवाई। बाहर से टिकट भिजवा दिए जाते हैं। गाहे-बगाहे नए पुराने का मिलन।

जिन वरिष्ठ नागरिकों के आसपास परिवार नहीं—उनकी गिनती कम है। जिम्मेवारियाँ कम हैं। विभिन्न क्षेत्रों से यहाँ आए समूह, समुदाय में भी ऊँच-नीच और उत्कृष्ट की धारणाएँ विद्यमान हैं। अपनी-अपनी हैसियत में कुछ भक्त बने रहते हैं, कुछ इष्टदेव। इन दोनों के बीचवाले अपनी ही दिनचर्या की क्रियाओं में तल्लीन। उन्हें कोई प्रतिकूल संकेत देनेवाला नहीं। जब तक हैं, मनमाना जिए जाओ।

वरिष्ठों की यह हमउम्र टोली चुपके-चुपके ही एक दूसरे पर नजर रखे रहती है।

कौन रोज की सैर में नागा कर रहा है।

कौन आए दिन डॉक्टर के पास नजर आ रहा है।

कौन सूर्यास्त देखकर चिंतित है।

कौन खयालों में लिखी वसीयत में फेर-बदल कर रहा है।

फ्लैट एक लड़की के नाम कर रहा है।

दूसरे को उससे वंचित कर रहा है।

परिवार के संकोच में अपने रागात्मक संबंधों को अनदेखा कर रहा है।

अपने निज के अधिकार के नाम पर अपने अंतिम कर्त्तव्य के रूप में परिवार के हक में मोहर लगा रहा है।

कौन क्या और कितना धर्मार्थ खाते में दे रहा है।

अकेलों के समुदाय की गिनती अब पहले से कहीं ज्यादा ! इनकी अपनी ही कठिनाइयाँ और अपनी ही सहूलियतें। परिवार से अलग-थलग अपनी आर्थिक क्षमताओं को संयम से इस्तेमाल करते हुए यह 'अकेले' भी अपने ही ढंग से अपने को सँवारते चले जाते हैं। बहुत-सी पारिवारिक चिंताओं से अपने को बचाए लिये जाते हैं। बूँद-बूँद अर्जित अपनी शक्तियाँ रोग, बीमारी और संकट के लिए सँभालकर अपने में घिरे रहते

हैं। समय-समय पर बच्चे-बूढ़ों के संस्थानों की मदद।

अकेले, अकेलों की अपनी जीवन-शैली है। करते रहते हैं स्व-निर्माण और आराम।

परिवार का कोलाहल, शोर, तनाव, ऊँच-नीच और तनातनी आसपास नहीं। फिर भी पुरानी छाँह से पितृ पाँव, मातृ हाथ, भ्रातृ और भगनि भाव का गहरा आस्वादन जब कभी भी मिलता हो। उमड़ आता है स्नेह माँ की ममता के लिए और पिता के संयम में पगे प्यार के लिए।

बारह

पिछले दिनों कॉलोनी के नजदीकी अपार्टमेंट में अचानक एक परिवार में होनी अनहोनी में रच ली गई।

तीन बेटों के परिवार में विधुर पिता प्रभुदयाल अपने ही घर में पराए हो गए। उनका गुमसुम कृपण स्वभाव लड़कों को खलने लगा। धीरे-धीरे खुफिया खोज-खबर इकट्ठा होनी शुरू हो गई। पिता की ताली सदा उनके गले में और जब भी बाहर निकलें, कमरे पर ताला।

बहुएँ, बेटे परेशान। पिताश्री जाने खजाने में क्या-क्या छिपाए हैं। बिरादरी में उड़ती-उड़ती कानों तक आई थी कि प्रभुदयाल किसी बड़े धंधे में हैं। मेरठ में अकसर देखे जाते हैं।

सुबह नहा-धो, हनुमान चालीसा का पाठ कर प्रभुदयाल गुसलखाने से अपने कमरे में घुसे कि तीनों लड़कों को खड़े देखकर सकते में आ गए।

चुपचाप एक नजर-भर देखा और पलंग पर से उठा कपड़े पहन लिये। बाप होने के तेवर को कायम रखते हुए पूछा—क्यों, सुबह-सुबह कैसे !

बड़े बेटे ने व्यापार में जमी नई आँखों से बाप की पुरानी आँखों को तरेरा और शायस्तगी से कहा—बाबूजी, आपको अपने अकाउंट में से रुपया निकालना होगा। आज भुगतान न हुआ तो फैक्टरी और दुकान में ताले पड़ जाएँगे।

यहाँ तक नौबत क्यों पहुँचा दी ? पहले क्यों नहीं बताया ?

बाबूजी, यह बातें बाद में। कल रात तक कोशिश करते रहे। नहीं जुटा पाए।

प्रभुदयाल के माथे के तेवर लड़कों के आर-पार देखने लगे।

कौन किसको फाँस रहा है !

इमदाद के लिए सबसे लाडले छोटे बेटे की ओर देखा तो वह आँखें चुराए रहा।

मँझला बोला—बाबूजी, यह टालमटोल का वक्त नहीं। जो करना है वह करिए...

मुझे—मुझे क्या करना है ? काम तुम सँभाल रहे हो—यह भी तुम्हीं करोगे।

बड़े बेटे ने मँझले को डाँटकर कहा—निकाल इनकी ताली।

इसके पहले कि प्रभुदयाल गले में लटकती ताली को छुएँ, लड़के ने सूत में पिरोई ताली गले पर से उतार ली। बाप का इससे बड़ा अपमान भी क्या हो सकता है ?

खोलो।

प्रभुदयाल ने अपने को इस बेइज्जती से उबारने को कहा—लाओ, इधर दो मुझे। अलमारी की ओर बढ़ते-बढ़ते लड़के से कहा—रघुवर से क्यों नहीं माँग लेते ! तुम्हारे ससुर हैं।

बाबूजी, वह आपके भी समधी हैं। आपकी जन्मकुंडली मुझे उनसे ही मिली है।

क्या बकते हो !

वही जो हकीकत है। आपने मेरठ में एक घर गाँठ रखा है। कौन है वह औरत ?

चुप रहो।

नहीं बाबू, इन बातों से नहीं चलेगा। कल को बच्चों के शादी-ब्याह होंगे।

प्रभुदयाल चीखे—बकवास बंद करो।

लड़के बाप से निपटकर नीचे उतर गए।

प्रभुदयाल ने सेफ बंद की। फिर अलमारी की ताली सिरहाने रखकर बिस्तर पर लेटने को ही थे कि छोटे बेटे ने बाप से आकर कहा—घड़ी भूल गया था। वही लेने चला आया। बाबू, यह बड़े भैया की फाइल में से निकाल लाया हूँ। पढ़ लें। मैं उनकी मेज पर ही रख दूँगा। नहीं तो मुझ पर पड़ेगी।

पढ़कर प्रभुदयाल ने बेटे को कागज लौटाया तो जाने क्यों दिल धड़कने लगा।

सिरहाने रखी दवा की शीशी उठाई। काली फास। खुराक ली और कागज की इबारत पढ़ने लगे। अलट-पलटकर देखते रहे। लैटर-हैड पर डिटेक्टिव एजेंसी का पता।

सिर पकड़ लिया। यह मेरे समधी रघुवरदयाल का कुकर्म है। प्रभुदयाल कमजोरी महसूस करने लगे। लगा आज की सुबह उनके शरीर की सारी सत्या खींच ले गई है। दो-एक बार बहू ने अंदर झाँका। लगा हिकारत से देख रही है। जैसे कहती हो, यह पकी उम्र और घर से बाहर घर। दूसरी औरत।

प्रभुदयाल हाजत के लिए उठे तो देर तक अपने आप को आईने में देखते रहे। क्या इतना ही बूढ़ा लगता हूँ जितना लड़के मुझे समझते हैं ! नालायक, कृतघ्न कहीं के ! मस्त हैं अपने-अपने परिवारों में और महीने के पहले शनीचर-इतवारों में ! क्या मैं इनके लच्छन नहीं जानता। इनका बाप हूँ।

प्रभुदयाल हफ्ते बाद फिर मेरठ में नजर आए। चौकन्ने हो इधर-उधर देखते रहे कि कहीं कोई पीछा तो नहीं कर रहा। कामकाजी अंदाज में घूमते रहे। साड़ी खरीदी। बेगम-ब्रिज से मिठाई का डिब्बा लिया।

रात खाने को बैठे तो कलावती के हाथ की फूली हुई फुल्कियाँ देखकर खुश हुए। लगा ही नहीं कि कोई दूसरी औरत है ! कैसी डाह है लड़कों को इसके होने से। सोचा, शादी कर ही लेता तो लौंडे क्या कर सकते थे !

लालाजी को सूचना दी कि जल्दी ही किराए का यह घर छोड़ देंगे और अगले महीने अपने घर में गृह-प्रवेश।

व्यापारी खानदान पर वज्राघात।

लाल-काली धारीदार किराए की दरियों पर तेरहवीं के सफेद जाजम बिछ गए। मित्र, संबंधी और परिचित सभी शरीक हैं। जाजम पर से फुसफुसाहटें उठ रही हैं। यह दुनिया प्रलोभनों का घर है। इसी जंजाल में फँस गए लाल प्रभुदयाल भी।

पत्नी के सिधार जाने के बाद लाला जी की मामी की भतीजी कलावती उनके लिए जीवंती लता हो उठी ! साथ लगे थे उसके भाई-भतीजे ! कहनेवालों का कहना यह भी कि उनके लिए एक फैक्टरी पड़ रही थी मेरठ में।

पुलिस बुन रही है यह सारा लुका-छिपा आख्यान, जिसमें कई पेच उजागर होंगे।

देहरादून, सहारनपुर और मेरठ से लौटते हुए प्रभुदयाल रास्ते में ही रह गए। अड़तालीस घंटे इंतजार के बाद पुलिस में रिपोर्ट लिखा दी गई।

प्रभुदयाल की गाड़ी गैराज में और ड्राइवर फैक्टरी की ट्रक ड्यूटी पर। पिछले कुछ महीनों से प्रभुदयाल अपने कार ड्राइवर से शंकालु हो उठे थे। गाड़ी या टैक्सी में ही

आना-जाना करने लगे थे।

पोस्टमार्टम की रिपोर्ट के अनुसार उनकी मृत्यु गला घोंटने से हुई। शव मिला हिंडन से कुछ किलोमीटर आगे छप्पर के किनारे इमली के पेड़ तले। खबर मिलते ही घर में हाहाकार मच गया। जो होना था वही हुआ। सोने के बिस्कुट और दूसरी औरत !

बेटे पिता की हत्या से गमगीन गंभीर मुद्राओं में प्रवचन सुन रहे हैं–

लालाजी बड़े कर्मठ थे। अपने आखिरी दिन तक क्रियाशील। अच्छे गृहस्थ की तरह उन्होंने कुशलता से अपने सारे कर्त्तव्य निभाए ! तीन बच्चों को तीन फैक्टरियाँ लगा दीं। पत्नी के स्वर्ग सिधार जाने पर अपने पोते-नातियों में मग्न रहते ! भाग्य के लिखे को कौन मिटा सकता है।

परिवार पिताश्री की पुण्य स्मृति में गुप्तदान दे रहा है।

पंडितजी का प्रवचन जारी है।

मृतोत्थान पुनरुत्थान भी है।

परमेश्वर द्वारा संचालित इस विशाल संसार में छँटनी भी तो जरूरी है।

एक कर्मयोगी की तरह लालाजी इस संसार में परिवार को साधन-संपन्नता में स्थापित सुव्यवस्थित कर स्वर्ग सिधारे हैं। शांत मन से हम उन्हें श्रद्धांजलि दें और उनके पुण्य कार्यों को जीवित रखते हुए इस लोक में मनुष्य का धर्म निभाएँ।

परिवार की हिदायत के अनुसार पंडितजी सब शक-शुबहवाले प्रसंगों को छोड़ सुरक्षित समापन की ओर पहुँच रहे हैं–

देवियो और सज्जनो, हर क्षण याद रहे कि स्वर्ग के देवता भी अभिलाषी और इच्छुक भाव से यदा-कदा प्रार्थना करते हैं कि हे ईश्वर, हमें भी किसी-न-किसी आयोजन के बहाने मृत्युलोक में जन्म देने की कृपा करें। देवलोक में देवताओं का अस्तित्व तो अब बहुत उबाऊ है। स्वर्ग की सभी निधियाँ आपने मृत्युलोक की ओर प्रवाहित कर दी हैं। क्या आप हमें अनुसूचित जातियों का-सा आरक्षण कार्ड दे रहे हैं ? प्रभुवर, ऐसा न कीजिए। हमें क्या आपकी संसद के बाहर धरना देना पड़ेगा ! प्रभु आप इन तथ्यों और रहस्यों को भले छिपाए हुए हों–पर हमें तत्काल भेजिए मृत्युलोक में।

हम मानवता की भलाई के लिए इस आपातकालीन समय में कुछ तो महत्त्वपूर्ण कर सकेंगे।

तेरह

हैलो आरण्या !

हैलो ईशान !

यात्रा कैसी रही !

आराम से आ गई। गाड़ी कुछ लेट थी, पर ठीक से पहुँच गई।

वहाँ कैसा रहा।

अच्छा ! लोग खुश थे।

हाँ, क्या कल कुछ समय निकाल सकेंगी ! चार के करीब।

क्यों नहीं।

आपको सरप्राइज़ देने जा रहा हूँ।

आरण्या हँसी।

कैसे इंतजार करूँगी कल तक।

हो सका तो शाम को कुछ देर के लिए आऊँगा।

ईशान आए तो खुश नज़र आते थे।

मैं कुछ दिखाना चाहता हूँ।

हूँ। ख़ास ही बात लगती है।

ईशान ने लिफाफे में से दो फोटोज़ निकालीं—

मेरी बेटियाँ हैं—

यह अपराजिता।

यह सृष्टा।

वाह !

हैरानी नहीं हुई !

नहीं ईशान !

यह न पूछेंगी कि अब तक कहाँ थीं बेटियाँ।

जानती हूँ। बेटियाँ आसानी से मिल जाती हैं अगर गर्भ में ही नष्ट न कर दी जाएँ।

दोनों ने यह ख़त लिखे हैं—

आदरणीय प्रिय पिताजी,

हम दोनों का प्रणाम। हमारे स्कूल के छात्र गणतंत्र दिवस के लिए दिल्ली आ रहे हैं। दीदी ने कहा कि हम भी आपसे मिल सकेंगे। आपका भेजा फोटो हमें मिल गया था। उसे पाकर हम बहुत खुश हैं। होमवर्क खत्म कर हम दोनों मिलकर देखती हैं। हम दोनों बहनें दिल्ली से नए जूते खरीदना चाहती हैं। दीदी का कहना है कि आप हमें हमारे मनपसंद के जूते दिलवाएँगे। साथ एक-एक चॉकलेट भी।

प्यार से आपकी

अपराजिता

सृष्टा

इन बच्चियों को अपना समझ अच्छा महसूस कर रहा हूँ। परिवारों में बच्चों को समेट लेने की यह योजनाएँ सुखकर हैं। बच्चों को पालने में आप कुछ योगदान दे सकते हैं।

ईशान, मैंने भी चाहा था कि ऐसा कर सकूँ पर बच्चों की देखभाल की सिरदर्दी से बचने को इरादा बदल दिया। एक योजना के तहत तो आप छुट्टियों के लिए भी बच्चे को घर बुला ला सकते थे। गर्मी की छुट्टी में वह आपके पास रह जाएँ, इतना ही।

सुझाएँगी कि बच्चियों के लिए हम क्या लें ! कल उन्हें मिलने जाना है।

अगले दो बरसों के लिए मैं इन बेटियों का पिता हूँ। आरण्या सुझाव ही समझना।

तुम भी बाल-गृह से दो तीन या पाँच बरस के लिए बेटी की संरक्षिका बन सकती हो ! सिर्फ संस्थान को चैक भेजना होगा।

ऐसा कर सकने से क्या मुझमें किसी बदलाव की अपेक्षा होगी।

ईशान दिलचस्पी से मुस्कराए।

नहीं-नहीं ऐसा कुछ भी नहीं सोच रहा ! यह मात्र सामाजिक कर्त्तव्य है।

यह पत्र इन्हीं नयी बेटियों ने लिखे हैं।

कल सुबह बता सकूँगी। रात को लेटकर सोचूँगी।

ईशान के जाने के बाद आरण्या को लगा कि वह बच्चियों को तो यहीं छोड़ गए हैं। इसी घर में।

फिर फोन किया।

बच्चों को कुछ खाने को भी देना होगा।

ईशान, कैसा रहे अगर सूजी के लड्डू बना दें।

अच्छा रहेगा। क्या बना सकेंगी !

क्यों नहीं।

आरण्या ने सूजी, घी, बूरा-बादाम, किशमिश निकाले और हल्की आँच पर भूनकर लड्डू बना दिये।

अपराजिता आठ की और सृष्टा छः की।

फ्रॉक, मोज़े और जूते। रिबन।

कैलेंडरों, पत्रिकाओं से फोटोज़ काटकर पुराने निमंत्रण पत्रों पर चिपका दीं। इकट्ठे रखे रंगदार कागज निकाले और दो लिफाफों में रख दिए।

एकाएक महसूस किया, घर कुछ और-सा लग रहा है।

बच्चों के आने की तैयारी की जा रही है।

पुराने स्टाम्प खोज निकाले और देश-विदेश के कुछ सिक्के गिनकर दो डिबियों में डाल दिए।

सुखों की दिलचस्पियाँ।

कहाँ से प्रकट हो गईं यह दो लड़कियाँ। अभी तो दिल्ली पहुँची ही नहीं और घर भरा-भरा लग रहा है। लगता है घर में बचपन की चहल-पहल है।

रंग-बिरंगे रिबन, जूते, मोजे, किताबें, पैंसिलें, रबर—उनके आगमन को सिर्फ दो घर ही नहीं, दो मन गुंजान हैं।

देखते हैं, हम और वह अनजान बेटियाँ मिलकर कैसे कल का स्वागत करते हैं।

ईशान आरण्या के लिए किताब छोड़ गए थे। साथ हैं कुछ पन्ने भी।

टेबल से उठाई और रख दी।

कुछ देर बाद फिर उठाई। पन्ने पलटे।

कभी वक्त था जब किताबों में से निकला करते थे दिलचस्प पन्ने। रोमांचक रोमानी दिन।

जाने क्या हुए।

वह हँसी।

कोनों में दुबके पड़े होंगे।

मैं उत्तेजित हो रही हूँ। युवा दिन ! ताजे मौसम ! किन पंखों पर उड़ गए !

क्या उठकर आईने के सामने जा अपने को देखा जाए ! नहीं-नहीं...

आज-भर के लिए इतना काफी है।

तह खोली।

शून्यता वाला पन्ना हाथ में ले लिया।

आरण्या चौकन्नी हो उठी।

चौदह

किसी-न-किसी रूप में सभी करते हैं पहचान अपने समय की।

"क्या समुद्र का शोर सुन रहे हो ? घोर शोर हवाओं का। दहाड़ती चुप्पी है यह शून्य की ! सागर और आकाश जीवन के दो विस्तार। जिंदगी और प्रकाश। आकाश का जीवट और प्रकाश की तेजस्विता। सागर से जल का लहर-लहर असीम प्रसार दूर-दूर तक। धरती पर खेल रहा है जल। फिर भी दृष्टिपात करो तो अंतर में भर जाती है शून्यता !

"क्या शून्यता ही उल्लास है ? असीम में, शून्य में विलीन हो जाने का ! यही मनुष्य की नियति है।

"जैसे नदी समुद्र को प्राप्त होकर स्थिर और शुद्ध जलवाली होती है, वैसे जल मेघमंडल को प्राप्त होकर दिव्य होते हैं।

"आह ! वह दोहरे प्रकाशवाली हिमालय की स्वर्णिम उषा ! कब देख सकूँगा। सागर-तट से चलते-चलते कब पहुँचूँगा हिमालय के शिखरों के निकट।"

शून्यता की यह पंक्तियाँ आरण्या को खींचने लगीं उन बर्फीली शृंखलाओं की ओर

जहाँ हिमालय की अपार निधियाँ फैली हैं !

तन-मन पर जैसे कोई बयार चली हो। आँखों में धवल शिखर दीखने लगे हों !

आरण्या बाजार से लौटी ही थी कि धोबी धुलाई ले आया। भारी परदे साफ देखकर बोझ हल्का हुआ। परदों को धूल-मिट्टी से बचाने के लिए लगी मारकीन की दोहर का इतना बोझ कि परदे अपने आप उठाकर लगाना मुश्किल। छोटी-छोटी अक्लमंदियों और असफलताओं से बना अपना यह मध्यमवर्ग। परदे जो बीस बरस पहले घर में लटक रहे थे—आज भी वही हैं। धुलने-धुलाने की सावधानी। बीच-बीच छीज गई बुनत को रफू कर लिया गया है। चुन्नटों में छुप जाएगा।

धोबी रामखेलावन से कहा—भैया जी, परदे अपने आप नहीं लगा पाऊँगी। आपका वक्त तो लगेगा पर लगा देंगे तो आपके 'वक्त' को मैं देख लूँगी।

वक्त के जिक्र से रामखेलावन आश्वस्त हुए।

कर दें तो क्या हर्ज़ है !

बालकनी से सीढ़ी उठा रामखेलावन अंदर ले आए और परदों में हुक डालने लगे।

बच्चे स्कूल जा रहे हैं न !

हाँ साहिब, बी. एस-सी. पास किए हूँ। पढ़ाई के बिना तो बच्चों को कैसे रखेंगे। फिर हम कबीरपंथी हैं साहिब, पढ़ने-लिखने का महत्त्व जानते हैं। मैं तो पुश्तैनी काम में लगा हूँ पर बच्चे यह नहीं करेंगे। शिक्षित हो कुछ तो बेहतर करने के काबिल हो जाएँगे।

छोटी बिटिया कैसी है !

बहुत तेज है साहिब, भाई लोगों के साथ बैठ जाती है—मैं भी पढ़ूँगी।

यह तो अच्छी बात है।

साहिब, सबसे बड़ा लड़का दसवें में है। आजकल जाने कैसी संगत में है कि कुछ का कुछ बोलता रहता है। पढ़ने में होशियार है। अच्छे नंबर लाता है। कहता है, इंजीनियर बनूँगा।

तुम्हें तो कोई शिकायत नहीं होनी चाहिए उससे।

मुझसे पूछने लगा एक दिन—पापा, दशरथ महाराज ने राम को बनवास क्यों दे दिया !

मैंने समझाया—

बेटे, दशरथ महाराज ने रानी कैकेयी को वरदान का वचन दिया था। जब रानी

कैकेयी ने दिया वचन भुनाना चाहा तो दशरथ महाराज इनकार न कर सके। आखिर क्षत्रिय थे। इन्हीं के लिए तो तुलसीदास जी ने लिखा था—रघुकुल रीत सदा चलि आई, प्रान जाय पर वचन न जाई।

क्या कह रहे हैं आप पापा ! राम जी पढ़े-लिखे नहीं थे क्या ! गुरु से शिक्षा पाई थी उन्होंने। माता कैकेयी और पिता दशरथ को राम जी समझा क्यों न पाए कि जो वह कर रहे हैं वह गलत है।

साहिब, बेटे की यह बात मुझे अच्छी नहीं लगी। मैंने डाँटा कि क्या उलटा-सुलटा बोल रहे हो।

ठीक कह रहा हूँ मैं पापा, रामचन्द्र जी अयोध्या के सबसे बड़े राजकुमार थे। उनका विवाह सीता मैया से हो चुका था। पिता ने उन्हें कैसे बनवास दे दिया। मम्मी आपसे बेकार की बात करने को कहेंगी तो क्या आप मान जाएँगे ? महाराज दशरथ के दरबार में इस अन्याय के विरुद्ध आवाज़ उठानेवाले क्या मंत्रिगण नहीं थे ? जिसे राजपाट मिलना हो, जिसके माथे तिलक चढ़ना हो, विमाता के कहने से क्या उन्हें बनवास के लिए भेज देना चाहिए था ?

देखो मुन्ना, पढ़ाई में ध्यान लगाओ। मुझे यह तुम्हारी दलीलबाजी पसंद नहीं।

पापा, रामचन्द्र जी तो सब भाइयों से बड़े थे। महाराज ने उन्हें क्यों नहीं रोका ? वह रानी कैकेयी को समझाते। क्या उनके यहाँ प्रजा-पंचायत नहीं थी। राज-परिवार के भी कुछ नियम-कानून थे कि नहीं !

चुप रहो मुन्ना, जिन्हें पुरुषोत्तम राम कहा जाता है तुम उनकी गलतियाँ निकाल रहे हो !

पापा, मैं तो दशरथ महाराज की बात कर रहा हूँ।

साहिब, मैं गुस्सा हो गया। मैंने फटकारा। चुप हो जाओ। मैं कुछ नहीं सुनना चाहता।

जानती हैं—मुझे मुन्ना ने क्या जवाब दिया !

बोला—पापा, आपकी तरह राजा दशरथ भी किसी की बात न सुनना चाहते होंगे। क्योंकि कैकेयी रानी से उनकी मिलीभगत रही होगी। तभी बीमार पड़े होंगे।

साहिब, तबीयत तो हुई, पीट दूँ लड़के को। बड़ी मुश्किल से अपने को रोका। सोचा यह भंगी-चमारों की बातों को दोहरा रहा है। साहिब, यह सब छोटी जातिवालों का प्रपंच है।

समझाकर कहा—बेटे, तुम ऐसी बातें करके क्यों जात का धोबी कहलवाना चाहते हो ! हम लोगों ने सीता मैया को पहले भी कम दुःख नहीं दिए थे। हमीं लोगों ने सीता

मैया की निंदा कर उन्हें अग्नि-परीक्षा को भिजवाया था।

आरण्या असमंजस में रामखेलावन से नजर चुराए रही।

रामखेलावन बोले—साहिब, ऊँची जात-बिरादरी ने भी कम घृणा नहीं फैला रखी। अपने को संस्कारी जातियाँ कहकर पुकारते हैं और दलितों-पिछड़ों को असंस्कारी, संस्कारविहीन, नीच, पिछड़ा ! आरक्षण को लेकर कभी मनुवादी उबलते हैं, और कभी दलित और कमजोर वर्ग। धंधे की राजनीति है। जाने कब तक खेली जाएगी, यह सिलसिला कब तक चलता रहेगा। ब्राह्मण ब्राह्मण के साथ, बनिया बनिये के साथ, ठाकुर ठाकुर के साथ, यादव यादव के साथ—साहिब, एक विधान के चलते आप कितनी बिरादरियाँ बना देंगे अपने देश में। संसद क्यों कड़ाई से कानून लागू नहीं करती। ऊँची जातवाले नीची पिछड़ी जात की लड़कियों को घेरकर उनके साथ कुकर्म करते जाते हैं, और मूँछों पर ताव दे छुट्टा घूमते रहते हैं। यह तो सरासर अन्याय है, साहिब ! पाप है। कोई भी कार्य इसलिए शुभ नहीं कि वह मुझे या आपको सुख देता है। वह इसलिए शुभ है कि बहुतों को सुख देता है। बहुमत की सहभागिता ही क्या लोकतंत्र नहीं। और पुलिस ? अगर उसकी जात ऊँची है तो खड़े-खड़े देखती रहेगी। वारदात को कानून के गोरखधंधे से रफ़ा-दफ़ा कर देगी। बेटियाँ कमज़ोरों की रोती रहेंगी। छाती पीटती रहेंगी।

परदे अपनी-अपनी जगह पर लटक रहे हैं। दरवाज़ों, खिड़कियों पर लगे रहने से रुकती है हवा और रोशनी, तो रुकने दो। परदे धूल-मिट्टी और प्रदूषण से सुरक्षित रखते हैं घर को।

घर है हमारा देश।
परदे हवा में फड़फड़ाते रहें।
कमजोर, अनपढ़ जातियों पर अत्याचार होते रहें।
बहू-बेटियों पर बलात्कार होते रहें।
राष्ट्र है धुले-पुँछे पुण्यवान वर्गों के लिए।
यही कुछ कह रहे थे शायद रामखेलावन।

आरण्या ने दाल-भीगी पोटली को छुआ ! अलटा-पलटा। हाथ में टोहकर दुबारा सिंक के ऊपर लटका दिया।

अंकुर फूटने को अभी दो-एक दिन और लगेंगे।

दालें अनाज अंकुरित हो सकते हैं, होते रहते हैं पर अब हम प्राचीन नहीं। धीरे-धीरे सूख जाते हैं पुराने सयाने। दशकों पर दशक फलाँगते जाते हैं, फिर भी जीने से जी नहीं भरता ! वह हरियातीं-सहलातीं ऋतुएँ पुरानी हड्डियों में भी नए खून का संचार करती हैं।

इसी तन में लीन हो जाती हैं।

अचरज यह कि तब भी मन की किवड़ियों पर वैसे ही सोंधेपन की महक !

आरण्या, भूल जाओ, बिसरा दो। अब कोई तारीखें न याद रखो ! बस जीती रहो। जीती चलो।

यह भी क्यों बुरा है। अभी भी हैं न वह आहटें जो कपड़ों के स्पर्श में फरफराती हैं। कभी-कभार चमकती हैं तो घनी घाटियाँ धूप सेंकने लगती हैं। हवाएँ आदिम संगीत में झूलने लगती हैं। और यह देह ! अबोले अबूझ शब्दों से अर्जित हो उठती है। क्या यह सब मिथ्या है। माया है ? केवल परिकल्पनाएँ ! ऐसा ही होता तो जन्म-मरण की व्यवस्था, रोगमुक्ति के प्रयत्न, बीमा इन्श्योरेन्स—क्यों ईजाद होते ?

उम्र कभी धोखे में नहीं आती। उसके पास संचित होता है जिए हुए का सत्यांश। अनुभव।

नगरपालिका के जन्म प्रमाण-पत्र को रद्द करना है और लेना है यहाँ से जाने का प्रस्थान-पत्र। दिलचस्प इतना ही कि इस काम के लिए आप नहीं, दूसरे तैनात होते हैं।

बीच की यात्रा सरकती रहती है स्मृति और आकांक्षा के सहारे। फिर जो चलते-चलते मिल ही जाए, उससे उदासीनता भी क्यों !

बालकनी के काँच में से बाहर झाँका। सीमेंट का ग्रे और उस पर तना नीला आकाश।

आकाश अब पहले-सा दूर नहीं लगता। फिर भी हर दिन आश्चर्यजनक और अद्भुत ! हर दिन एक-एक दशक की तरह गहन और सुखकर। वही श्रेष्ठ है जो अपने जीने और रहने के पास है। निकट है।

यह घर कितना आरामदेह रहा है। पर अब आगे का सब अनिश्चित। देखती रही हूँ कि दिन-भर बरसाती, हाउस, पिछवाड़े के कमरे, हवादार फ्लैट बिना लिफ्ट के। बड़े दो कमरे, मगर गुसल-टॉयलेट बेकार। घर ठीक तो सीढ़ियाँ खतरनाक। खुला हवादार घर, मगर कॉलोनी अनजान। अपने लिए ठीक घर की खोज तो सचमुच वीरोचित प्रकरण है।

आज संभावनाओं का दिन था, फीका-सा होकर शाम में धसक गया।

घर से बाहर लंबी दुपहर बिताकर आरण्या लौटी तो आगे की मंजिल बिलकुल अनिश्चित थी। यहाँ से उखड़कर किसी दूसरे घर में जमने की अभी कोई सूरत नहीं।

एक अच्छे-ख़ासे फ्लैट को दो-तीन बार देखकर उसका एडवांस देना चाहा तो एजेंट के साथ खड़े बुजुर्ग ने पूछा—यह बताएँ आपकी जिम्मेदारी कौन लेगा ?

जिम्मेदारी ? क्या मतलब !

आप अकेली रहेंगी कि कोई और भी साथ होगा ?

मैं रहूँगी और मैं ही अपने लिए जिम्मेदार हूँ।

आपकी जन्म-तारीख किस सन् की है ?

यह क्यों पूछ रहे हैं आप ?

इसलिए कि हमें पूछना चाहिए।

कल को चली-चलाई का कुछ चक्कर हो तो हम झमेले में क्यों पड़ें।

आरण्या जाने कैसी ज़हरीली आँखों से देखती रही, फिर ठंडी आवाज़ में कहा—मुझे यह घर नहीं चाहिए। आप किसी ऐसे किराएदार को दीजिए जिसे मरना न हो।

आजवाला फ्लैट बुरा न था। लकड़ी का काम होना बाकी था।

एजेंट ने कंपनी लीज़ की माँग की।

कुछ देर सोचती रही, फिर हामी भरी। हाँ, दे सकूँगी।

नाम बताइए कंपनी का। कौन है ?

मेरे प्रकाशक हैं।

क्या आप लेखक हैं ! किताबें लिखती हैं ? ऐसा है तो कहाँ से देंगी किराया ?

आरण्या बिना जवाब दिए नीचे उतर गई।

सुनिए-सुनिए—

एजेंट पीछे चला आया।

मैं मना लूँगा मकान-मालिक को। इसकी लड़की का फ्लैट है जो कैनेडा में है। आप मुझसे बात करें। आपकी देन है तीन महीने का एडवांस। तीन महीने की स्क्योरिटी, तीन महीने का रिज़र्व बिजली, पानी का। घर में जो तब्दीलियाँ आप कराएँगी, वह खर्चा आपका और वह धीरे-धीरे किराए से कटता रहेगा।

शुक्रिया दलाल साहिब, कोई और किराएदार ढूँढ़िए। मुझे आपका घर नहीं चाहिए।

घर लौटकर विनिता को फोन किया। विनी, अभी तुम्हारी ट्रांसफ़र तो नज़दीक नहीं ?

कम-से-कम एक बरस तक तो नहीं। क्यों, क्या बात है ?

अगर कुछ इंतज़ाम न हुआ तो क्या तुम्हारे पास सामान रखकर जा सकती हूँ। बेसमेंट में।

आप चली आइए। मुझे कोई दिक्कत न होगी। ऊपर के तले पर कमरा और अटैच बाथरूम आपके लिए दे सकूँगी। इस पर ज़्यादा सोचने की ज़रूरत नहीं।

कैसे धन्यवाद करूँ तुम्हारा विनिता ! तुमने मुझे फ़िक्र से उबार लिया।

आने के लिए आप दिन पहले मुझे बता देंगी। हाँ, सामान के लिए ट्रक को शाम देर गए बुलाएँ। छः से पहले एंटरी नहीं।

एक बार परिवार के चौखटे से बाहर तो दुबारा उसमें घुसपैठ नहीं की जा सकती। करें भी तो क्यों ! जब आपकी सुविधा-सुभीते में कोई दूसरा दखल नहीं दे सकता तो आप ही किसी दूसरे पर बोझ क्यों बनें ! किसी के रहन-सहन में क्यों हस्तक्षेप करें ! अपने से भी दखलंदाजी क्यों करवाएँ।

अब वही पुरानी खेती की गुड़ाई, निराई और जुड़ाई।

क्या बुरा है। अपना भुजबल अपने लिए !

बहुत कुछ बदलने को है, जो बाहर है, वह अंदर नहीं। जो अंदर है, वह इतने अंदर कि उसका बाहर भी उसके बाहर नहीं। अंदर ही।

फ्लैट गया सो गया। जैसे ले लिया गया था वैसे ही बेच भी दिया गया। बालकनी वाली खिड़की से पुराने मालिक विंग कमांडर का चेहरा झाँक गया। उसके पास भी बेटे को लेकर बेचने की मजबूरियाँ आ खड़ी हुई थीं। सिर पर आ ही जाएँ तो उन्हें झटकना भी कहाँ आसान !

सोने के कमरे में पहुँचकर कमरे को ठिठकी-सी नजर से देखा। जितनी देर अपने पास था, अपने आराम के लिए कुछ भी किया नहीं। वही पुराना दीवान, टेबल, अलमारी और अलमारी के नीचे से झाँकते जूते। सब समेट लिये गए हैं। कितने-कितने बरस हो गए चलते हुए। जूते कुछ आरामदेह, कुछ पाँव को लगनेवाले, तंग। खुले। किसी के तलवे घिसे हुए। किसी का सोल उधड़ा हुआ। किसी का पॉलिश उड़ा हुआ। नहीं, आरण्या तुम गलत कह रही हो। तुम्हारे पास एक जोड़ा तो ऐसा जरूर है जो न तंग

है न खुला—सिर उठाकर चलने के काबिल तो ज़रूर है।

फर्श पर घुटने टेक, जूतों के जोड़ इकट्ठा किए और पेटी में डाल दिए। पॉलिश और ब्रशवाला डिब्बा हाथ में आया तो कुछ देर देखती रही, फिर जाने कहाँ से निकलकर पुराने छुट्टी के दिन आँखों के आगे तैरने लगे। कितना ज़माना गुजर चुका। हर इतवार हम बहन-भाई हाथ से पॉलिश कर अपने-अपने जूते चमकाया करते थे !

कहाँ विलीन हो गया इतना लंबा सफर। जूते खरीदने में समा गया।

जूतों पर हाथ फिराया। अलट-पलटकर देखा और अपने से पूछा—अब किस दिशा की ओर बढ़ेंगे हम-तुम ! क्या तुम्हें भी यात्रा का कोई ओर-छोर दीख रहा है।

हाँ, वहीं जहाँ हम सबको एक-न-एक दिन पहुँचना है।

वहीं !

पंद्रह

आरण्या ने चश्मा उतारा। हथेलियों से दोनों आँखों को आराम दिया। दिन-भर की थकान हाथ-पाँव में पसरने लगी तो चाय की तलब हो उठी।

उठो, कुछ करो। कुछ करोगी तो बेहतर महसूस करोगी। आए दिन की यह व्यावहारिक सिरदर्दियाँ हैं। इन्हें अंदर नहीं, अपने बाहर ही रखो। यह कोई रोमांटिक दुःख नहीं, अपने को जीवित रखने के ही उपाय हैं। साधन ही इन कोशिशों के वरदान हैं।

यह जीने का ताम-झाम है। इसे सिरदर्दी का नाम नहीं दिया जा सकता। जीवन-सुविधा का अंग हैं यह। कहाँ अटक गई हो आरण्या ! यह विषय व्याख्या का नहीं, व्यवस्था का है।

चाय में चीनी हिलाते आरण्या मन ही मन हँसी। यह झमेले और उलझनें आत्मदर्शन और तत्त्व-ज्ञान से परे हैं।

तो क्या है यह !

सच तो यह आवास ही मानसिक विकास और नागरिक अध्यात्म का मूल है। पटरियों और रैन-बसेरों में रहकर सिर्फ झल्ली उठाने और जेब कतरने के अलावा कोई

दूसरा काम नहीं किया जा सकता।

आवास की सुविधा ही नागरिक जीवन का आधार है।

दौड़-धूप कर चुकी लंबी थकान के बाद की सुबह। बाहर धूप है। खिड़कियों और दरवाजों पर के परदे उतारे जा चुके हैं। बिस्तर जैसे किसी मुसाफिरखाने में लगा हो। पराई हो चुकी नजर से देखा तो लगा दलाल ने मेरी हरी-भरी क्यारी ही काट ली है।

कार्पेट रोल कर दिए गए हैं। दीवार के साथ टिके हैं। अलमारी के साथ सूटकेसों की कतार लगी है। स्टडी में से झाँक रही हैं गत्ते और प्लाई की पेटियाँ। सामने दीवार पर लटका हुआ है इस वर्ष का कैलेंडर। आनेवाले लोग सफाई करवाएँगे तो यह भी कचरे के ढेर में गुम हो जाएगा।

खिड़की से अंदर आता धूप का छोटा-सा टुकड़ा कितना अनोखा लगता रहा है। उसे छू नहीं सकते पर वह अपनी गरमाहट से इस देह को छूता रहा है। इस घर से जाते ही वह भी आँखों के सामने से सदा के लिए विलीन हो जाएगा।

धूप के सुहाते टुकड़ों की कमी नहीं है, आरण्या। कहीं-न-कहीं किसी-न-किसी घर की खिड़की-दरवाजे से अंदर आती धूप तुम्हें जरूर हैलो करेगी। छुएगी। गरमाएगी।

अगला घर जाने कहाँ मिलेगा।

गुसल में जा चिलमची गर्म पानी से भरी, काँच में से छनकर आती धूप के चक्के में रखी और पाँव भिगो लिये। अलग-अलग मकानों को दिखाते दलाल आँखों में घूमने लगे। जवाब नहीं इस कंधे का भी। भला यह काम मैं भी क्यों नहीं कर सकती ! भूखी नजरवाला एक अदद ऑफिस, एक टेलीफोन नंबर। एक ज्योतिषी, एक पंडित-तांत्रिक, एक पहलवान।

आरण्या ने पाँव पोंछे और सिरहाने पड़ी डायरी उठाकर देखी। अभी सूची का एक और घर और दलाल बाकी है। किसी भी कारणवश विनिता का कमरा न मिल सका तो पेइंग-गैस्ट के लिए विज्ञापन देना पड़ेगा।

फोन की घंटी बजी।

बजती रही, फिर मौन हो गई।

दलाल साहिब होंगे। खरीदार के हिस्से का देना-पावना भी इसी ओर डालने को उत्सुक !

फोन फिर बज उठा।

आरण्या इत्मीनान से चाय के घूँट भरती रही।

मैं अभी बाहर से लौटी नहीं हूँ। बजने दो।

एकाएक मन में कौंधा—ईशान होंगे।

नहीं—गलत नंबर भी हो सकता है !

मेरी ओर से ईशान का नंबर सही लगा करता है तो उस ओर से भी गलत क्यों होगा !

यह तुम्हारे और ईशान के बीच की बात नहीं। इलेक्ट्रॉनिक एक्सचेंज की बारीकियाँ हैं।

अपने फोन पर झुके ईशान सचमुच दीखे आरण्या को।

फुर्ती से उठी। कपड़ों में थोड़ा फेर-बदल किया। जर्सी डाली। शाल ओढ़ा। खिड़कियाँ-दरवाजे बंद किए। कमरों के स्विच ऑफ किए और लिफ्ट के इंतजार में जा खड़ी हुई।

लिफ्ट खुली और लपककर अंदर।

नीचे पहुँच तेजी से ब्लॉक पार किया और दूसरी लिफ्ट का इंतजार करने लगी !

नजदीक होने की सुविधा। टैक्सी, स्कूटर, बस सबकी धकाधकी और रेलपेल से छुट्टी।

दो ब्लॉक और एक ही अपार्टमेंट।

किसी भी मैत्री-आख्यान के लिए जरूरी है यह भौगोलिक सुविधा। नहीं तो टैक्सी का मीटर दिल की धड़कन तेज करता रहे।

क्यों न सीढ़ियों से ऊपर पहुँच जाया जाए !

साँस फूल जाएगा। यह न भूलो कि तुम्हारी रफ्तार धीमी हो चुकी। इस शताब्दी में तो चल निकली, अगली से पहले ही गुम न भी हुईं, तो भी पिछड़ तो जाओगी ही।

कोई फिक्र नहीं। फिर पैदा होंगे। पैदा होनेवालों की कमी नहीं। हम जैसों को तो आवागमन से छुटकारा नहीं पाना है। इस जन्म की प्रस्तुति का कुछ बेहतर करने के लिए दुबारा जन्म लेना ही होगा।

लिफ्ट का दरवाजा खुला और सामने खड़े थे—ईशान।

आप ? कहीं जा रहे हैं क्या !

नहीं। जानता था कि आप आ रही हैं, तो आपको लेने आ गया।

आरण्या चौंकी।

संवाद का यह टुकड़ा कुछ संकेत दे रहा है शायद।

ईशान ने दरवाजा खोला।

आरण्या अपने भीतर के सन्नाटे पर हिलती, किसी की परछाईं देखने लगी।

अपने को चुपके से कहा—तुम्हारी अपनी शाख पर कोई बैठा है क्या।

सामने ईशान आरण्या को उसके अंतर्मन की परतों के पार देख रहे हों जैसे।

वहाँ भी तो अपने सिवाय कुछ नहीं।

आरण्या कुछ समझी, कुछ नहीं।

कौन असल में क्या है, क्या सचमुच में हम उसे जान ही लेते हैं, मालूम नहीं जान भी सकते हैं कि नहीं। कैमरे के अपरचर की तरह कितना और कहाँ फोकस किया है--यह भी कम महत्त्वपूर्ण नहीं।

आओ आरण्या—

ईशान खाने की मेज की ओर बढ़े।

आज दुपहर सब्जियाँ डालकर दलिया स्टीम किया था। ऊपर से एक छोटा चम्मच घी। अच्छा बना था सो रख दिया।

खाने का मन हो तो लाएँ—

शौक से खाऊँगी। कैसे जान लिया आपने कि आज पकाने का मुझमें उद्यम ही नहीं था।

लौटकर कुछ खाया नहीं।

आमलेट और चाय।

आरण्या, सेहत के लिए इस तरह के शॉर्टकट अच्छे नहीं। और अंडे का ज़्यादा सेवन भी ठीक नहीं।

हफ्ते में दो बार से ज्यादा कभी नहीं लेती। डॉक्टर के बताए कुछ आसान परहेज तो कर ही लिया करती हूँ।

किसी भी दूसरे काम से जरूरी है वक्त पर खाना। हाँ, आज दिन-भर क्या करती रहीं, घर में नहीं थीं ?

ईशान के चेहरे पर कुछ अतिरिक्त दीख गया। शंका, संदेह, चिंता।

नटखट भाव से कहा—आपको हैरान करना चाहती थी। मगर आपको बाहर खड़े देख मेरी योजना ठप्प हो गई ! कल्पना करें, बिना घंटी बजाए दरवाजा खोल मैं आपको इस कमरे में नजर आती तो आप इसे कैसे लेते।

ऐसा होता कैसे !

आप ही सोचिए ! अंदर आने का तो कोई रास्ता नहीं। खिड़कियाँ भी ऐसी कि आत्महत्या के सिवा कुछ न किया जा सके।

आरण्या, कुछ लोग टुकड़े-टुकड़े में भी आत्महत्या किया करते हैं।

आरण्या प्रत्युत्तर के लिए तैयार हुई, फिर इरादा बदल लिया।

मुठभेड़ की तैयारी लगभग नहीं के बराबर है। जो कहा जा रहा है, वह न सही है न ग़लत।

आरण्या, क्या सही बात पर आ जाना ठीक न होगा !

ईशान, सही और ग़लत एक-दूसरे से बहुत अलग हैं क्या। आज के मूल्यों से भी हम क्यों न कुछ उधार लें। कुछ सही हो तो सही न लगे और गलत हो तो गलत भी न लगे।

मैं कुछ और पूछ रहा हूँ, आरण्या !

आरण्या हँसने लगी।

इतने गंभीर क्यों हैं, ईशान ! क्या हम किसी रोमांस और रोमांच की कल्पना नहीं कर सकते ! जबकि आपके गैस्ट रूम की ताली मुझ जैसे पड़ौसी के पास हो।

कहीं ऐसा तो नहीं कि रोमांचित होने के लिए कुछ ऐसा कर रही हो, जो तुम्हें नहीं करना चाहिए।

दशकों पहले जरूर कमसमझ रही होऊँगी। पर अब तो कुछ फैसलों के लिए दबाव खुद-ब-खुद हावी हो जाते हैं।

फ्लैट क्यों बेचना जरूरी है ?

है नहीं, था। बिक चुका है।

मुझसे बात तक नहीं की। मित्र होने के नाते मुझे इतना जानने का अधिकार तो था न।

ईशान, फ्लैट को लेकर मुझे कई परेशानियाँ थीं।

वह सब सोसाइटी मीटिंग में सुन चुका हूँ। फिर भी कुछ रास्ता निकाला जा सकता था। तुम मनमानी पर तुली रहती हो। आरण्या, हर किसी के गुण-स्वभाव उसके हथियार होते हैं। मगर विवेक को भूलकर इस तरह की जल्दबाजी हमेशा ग़लत है।

जल्दबाजी तो बिलकुल भी नहीं थी ईशान ! अप्रत्याशित कुछ नहीं घटा। जो हुआ सो इतना ही कि फ्लैट बिका और पैसा कम मिला। दलाल की नाटकीय उपस्थिति नेपथ्य से किसी न किसी बहाने स्थिति को झकझोरती रही।

अपनी समझदारी का मात्र अहंकार।

ईशान, जरूरी नहीं कि इस बात को लेकर झगड़ा कर ही लिया जाए।

कमरे में देर तक चुप्पी छाई रही।

आरण्या सोचने लगी कि असल बात तो यह कि आप किसके द्वारा देखे जा रहे

हैं। लगता है कोई जाना-अनजाना पाठ अनूदित हो रहा है। अनुवाद में कभी इतना ठीक कि लगे जैसे कोई दूसरा नहीं, आप ही अपनी बात व्यक्त कर रहे हैं। कभी आपकी अंतर्भाषा से इतनी दूर कि सुनकर बौखलाहट होने लगे। शब्दों में आत्मीयता और परायापन एक साथ। मर्म से बाहर हुए नहीं कि दूसरा घायल।

ईशान, अपने आसपास घिरी स्थितियों को देखूँ तो फ्लैट का बिक जाना ही ठीक था। कागज ठीक नहीं थे। मेंटिनेंस की रकम खासी लंबी हो चुकी थी—उस पर फ्लैट पर का लोन और था।

फिर भी सलाह-सम्मति तो की जा सकती थी !

लगातार महसूस करती रही कि यह मेरी ही सिरदर्दी है, किसी और की नहीं। शायद तभी कह नहीं पाई।

ईशान दीवार पर नजर गड़ाए रहे।

आरण्या झटके से उठ खड़ी हुई—चलती हूँ। आई थी कि इस प्रसंग से छुटकारा पा लूँगी कुछ देर के लिए—और यहाँ भी जवाबदेही ही खत्म नहीं हो रही। माफ़ करना ईशान, दलालों से घिरा महसूस करती हूँ।

ईशान पास झुके और कंधों पर दबाव दे दुबारा सोफे पर बिठा दिया।

आज यहीं आराम करो, आरण्या ! अगर नहीं मानोगी तो मुझे तुम्हारे साथ जाना होगा।

क्यों भला, घर बिकना इतनी बड़ी त्रासदी तो नहीं कि सहानुभूति, दिलासे के लिए किसी का पास होना जरूरी हो। ईशान, क्या मैं आत्मदया से ग्रस्त लगती हूँ।

नहीं आरण्या, जिस सहज सरलता से तुम यह कह-सह रही हो, मैं उसे इतनी आसानी से नहीं ले सक रहा। दलाल की कारस्तानियाँ सुन चुका हूँ। नहीं चाहता कि तुम उसकी बात सोच-सोचकर रात-भर परेशान रहो। आज तो बिलकुल भी नहीं।

फ्लैट को भूलकर कुछ और बात करें।

आरण्या, मुझे मेरे बचपन का मिट्ठू याद आ रहा है। माँ ने एक तोता पाल लिया था। उसे सिखा दिया—उठो बच्चू पढ़ो।

आँगन में मुझे देखते ही मिट्ठू दोहराने लगता—उठो बच्चू पढ़ो। हारकर मैं बस्ता खोल लेता। माँ मन-ही-मन खुश होती। बीच-बीच में देखती रहती मेरी ओर। कटोरी में कभी किशमिश, कभी मुरमुरे, कभी अखरोट की गिरी पास रख जाती। जानती हो जब भी अखरोट और किशमिश देखता हूँ तो माँ याद आ जाती है। परीक्षा में अच्छे नंबर मिलते तो खूब खुश होती। मेवे की खीर बनाकर खिलाती।

और पिताजी ?

पिता साधु-वृत्ति के थे। एक बार घर से निकलते तो महीनों बाहर रहते और माँ उनके आने की राह देखती रहती।

हर बार जाते समय उनसे पूछती—बताकर जाइए, कब लौटेंगे। यात्रा कितनी लंबी होगी।

तुम्हारा यह लड़का मुझे खींच ले आता है। जिस दिन खयालों ही खयालों में यह मेरे पास आ खड़ा होता है, मैं साधु जमात से विलग हो घर को लौट पड़ता हूँ। चिंता न करो। आ जाऊँगा।

कुछ बड़ा हुआ तो रौ में आकर मेरे चुप्पे पिता मुझे कुछ-न-कुछ समझाते।

एक दिन बोले—

आत्मा के दो कपाट हैं। एक अंदर जाने का और एक बाहर आने का। ईशू, अगर बाहर की चकाचौंध ही देखते रहोगे तो तुम्हारा अंदरवाला बिसर जाएगा। अपनी पहचान तक न कर पाओगे। और अगर अपने अंदर ही दुबके रहोगे तो तुम्हारा 'बाहर' दूर चला जाएगा। इतना कि उसे ढूँढ़ना मुश्किल होगा।

माँ खीझती—

पंडित जी, बेटे को क्या सिखा रहे हो ! अभी छोटा है, छोटा। इसकी नरमाई पर तुम्हारा छींटा चल गया तो यह भी साधु बनकर भटकता रहेगा।

आरण्या दिलचस्पी से देखने लगी थी ईशान को।

ईशान बोले—आरण्या, तुम्हारे पिता कैसे थे।

मेरे पिता स्वभाव के नर्म और गहरे। दाँव-पेंच से कोसों दूर। आर्यसमाजी संस्कार से उभर रामकृष्ण परमहंस तक जा पहुँचे थे। उनका एक ही आग्रह कि देखो ऐसे कि सही सचमुच में सही हो—गलत को गलत पहचानना भी सही को सही करने के हक में हो। आप अपनी बात जारी रखें। कहीं हम दोनों के पिताओं के विश्वासों में ठन न जाए।

हाँ, आरण्या, फिर ब्याह हो गया। किसी बात से मैं अनमना-सा हो उठा था। पिता मेरे कमरे में आए और बिना किसी भूमिका के कहा—ईशू, यह न समझ लेना कि तुम्हारी पत्नी तुम्हारे बाहर खड़ी है। वह तुम्हारे अंदर है, क्योंकि तुम उसके बाहर नहीं, उसमें हो। पढ़ी-लिखी है तुम्हारी पत्नी। अब ठीक से गृहस्थी जुटाओ, निभाओ।

माँ बालकनी में बैठी खरबूजे के बीज छील रही थी। हाथ जहाँ था वहीं रह गया। लगा, मन ही मन कुछ खोज रही हो। एकटक हम दोनों की ओर देखती रही।

आरण्या, मैं कई बार उस क्षण पर अटक जाता रहा हूँ। क्या और कैसे देख रही थी माँ हम दोनों में। शायद पति के पुराने स्वरूप में इस नई भंगिमा को जैसे समझ

न पा रही हो। क्या मेरे सीधे-सादे सहज पति भी इस पत्नी को ऐसे ही गहरे भाव से जीते रहे होंगे।

मेरे पिता जैसा सीधा-सादा सधुक्कड़ी पति जो बार-बार घर छोड़कर पहाड़ों की ओर मुँह कर लेता था और लौट-लौट घर वापिस आता, उन्हें लेकर मेरी माँ न जाने क्या-क्या सोचती रहती होगी !

बहू के लिए यह वचन सुनकर उसे जरूर विस्मय हुआ होगा।

आरण्या के चेहरे पर उदासी कि उल्लास उभरा, ईशान जैसे समझ न पाए हों।

आपके लिए चॉकलेट इकट्ठा किया करता हूँ पर देता नहीं। कैलरीज़ होती हैं।

इस वक़्त तो हो जाए। चॉकलेट का नाम लेते ही दौड़ पड़ते हैं हम बचपन की ओर।

आरण्या चुगलाने लगी और खुश नज़र आने लगी।

ईशान ने चुपके से घड़ी देखी और कहा--अब ऊपर खाली घर में सोने की जरूरत नहीं। यहाँ कि गैस्टरूम में–

यहीं।

ईशान ने सिर तले कुशन रखे और ऊपर कंबल उढ़ाने को ले आए।

लेटे-लेटे अब किसी बात की चिंता नहीं करोगी। आराम से सो जाओ।

मैं पहले से कहीं अच्छा महसूस करती हूँ।

गुडनाइट।

गुडनाइट।

सोलह

रात देर तक कृष्णमूर्ति के पुराने कैसेट सुनता रहा। मन एक साथ दो अलग-अलग ट्रैक्स पर भागता रहा। बरसों से जानी-पहचानी वह दार्शनिक आवाज ओजस्वी उच्चारण और लयात्मक गति में जैसे मैं ही व्यवधान डाल रहा था। सोच रहा था मैं तुम्हारी बात। अंतर्संबंधों का अपना ही तर्क और संप्रेषण। गई रात का सफर मुझे घेरे रहा।

रात और प्रभात की संधि में जाने मैं क्यों इतना अनमना होता रहा !

सैर को निकला तो लगा अपने पुरखों को साथ लिये चल रहा हूँ। शायद इसलिए कि जानता हूँ मैं अपने पीछे किसी को भी नहीं छोड़ूँगा ! निश्चित विराम।

आरण्या, इसका दुःख-संताप मैंने तुम्हारे आसपास कभी नहीं देखा। क्या सचमुच इसे लेकर तुम इतनी तटस्थ हो ? हाँ, तुम्हें जानकर मैं भी अकेलेपन से बरी हो गया हूँ।

सौभाग्य से मिल गया था यह जन्म और संयोग से यहीं—जीवन के इस मोड़ पर मिल गए हैं हम-तुम। आरण्या, हम दोनों जानते हैं कि हम दोनों में से न कोई सुखी है न दुःखी ! हम दोनों ही अपने सुखों और दुःखों से बाहर हैं। इसलिए कि हम अब

किन्हीं सुखों की प्रतीक्षा नहीं कर रहे।

तुमने एक दिन हँसी-हँसी में कहा था कि सुख अब आत्मिक अनुभूति नहीं है। अब यह किस्सा आर्थिक क्षमता का है। पैसा है तो किन्हीं भी साधनों की शॉपिंग मुमकिन है। हीरे, जवाहरात, फार्महाउस, बैंक-बैलेंस, जो कुछ भी मिल सकता है, वह सबकुछ प्राप्त हो सकता है।

अब साधन ही सुख है क्या !

तुम अपनी बात को तीखा-तीता करके कह सकती हो, पर मैं न जाने किस सम-भाव से अपने आपको बाँचता-जाँचता रहता हूँ।

आरण्या, जो नहीं है वह हो नहीं सकता और जो है उसका अभाव क्यों ! यह मैं नहीं कह रहा, तत्त्वज्ञानी पुरुषों ने सत और असत, दोनों का अंत देख लिया है।

देह को आत्मा नहीं माना जा सकता—यह सोचकर कि यह मेरे शरीर में है। और, इन दोनों के अस्तित्व में मैं हूँ।

कथन यह भी कि यह मेरा शरीर है। यह मैं हूँ, यह मेरा मस्तक है, यह मेरे हाथ हैं।

शरीर में जो व्याप्त है, क्या वह आत्मा नहीं ?

क्या आत्मा शरीर से विलग है ?

अगर मन, प्राण आत्मा नहीं, बुद्धि और ज्ञान आत्मा नहीं तो फिर आत्मा क्या है ?

यह दोनों प्रतीतियाँ एक-दूसरे से भिन्न क्यों !

क्यों व्यक्ति का प्राणांत होते ही वह समय या काल के बाहर हो जाता है ? आत्मा के अस्तित्व की संभावनाएँ समाप्त हो जाती हैं ? उसके मनोदैहिक जीवन का अंत हो जाता है ?

ईश्वर कोई दूसरा ईश्वर नहीं बना सकता। ईश्वर के नियम सत्य हैं और पूर्ण हैं। इसी से उसमें परिवर्तन नहीं होता।

आरण्या, यह पन्ने तुम्हें इसलिए दे रहा हूँ कि तुम जानो, मैं क्या सोचता हूँ।

उस दिन बातों-बातों में तुम कह रही थीं कि हम कुछ देर के लिए दर्शन को भूलकर महानगरों, नगरपालिकाओं और संस्थानों पर क्यों न बहस करें !

सड़कें, जल-प्रदूषण, सीवर-व्यवस्था, यातायात, बिजली, पानी और अगली शती तक खाद बन जानेवाले वरिष्ठ नागरिकों के संदर्भ-प्रसंगों पर क्यों न चर्चा करें।

मात्र धार्मिक नहीं, वैज्ञानिक परिकल्पनाओं की आधार सामग्री को भी हमें स्वीकारना होगा।

हाँ, परिवर्तन के क्रम नहीं रुकते।

"अनुभव से परिपूर्ण मन एक उलझा हुआ मन है। हर अनुभव की छाप है उस मन पर और ऐसा मन चाहे जो करे, वह निष्कपटता के परम आनंद को नहीं जान सकता।"

जितना भी जान सका हूँ, तुम धार्मिक वृत्तियों की अनुगामी नहीं, फिर भी मानव जीवन से जुड़ी इन प्रक्रियाओं को समझती हो।

तुम्हीं ने कहा था—अपने अंदर-बाहर, मन-बुद्धि पर मैंने बहुत बोझ और गुंजल नहीं डाल रखे। शायद इसीलिए कुछ नया सीखने, करने की ललक और लय बाकी है मुझमें ! मैं दूसरों से भी ऐसी ही अपेक्षा करती हूँ !

नहीं जानता, मैं अपने से क्या अपेक्षा करता हूँ और तुमसे क्या ! क्या बता सकती हो कि तुम इन दिनों अपने से क्या उम्मीद करती हो !

फोन के पास से कागज-पैंसिल उठाकर दो पंक्तियाँ लिख दीं।

धन्यवाद ईशान ! नाश्ते के लिए नहीं रुक रही। शाम को मिलूँगी। तब तक यह पन्ने भी पढ़ लूँगी।

—आरण्या

बाहर से लौट आरण्या ने फ्लैट का दरवाजा खोला। खाली आँखों से एक नजर ड्राइंगरूम पर डाली। अपने से अलग होते क्षण की तरह न वैर-भाव, न मैत्री, न अमैत्री, मात्र स्थिति। फ्लैट के बिक जाने की हकीकत।

सत्रह

आरण्या को लगा ईशान ने सिर पर हाथ रखा है। कोई अमूर्त अबूझ-सी झनझनाहट।

गहरी थकन की बेखबर नींद ने घेर लिया।

देर बाद करवट लेने को हिली। आँखें खोलीं तो मद्धम रोशनी में कमरा किसी स्वप्न-सा लगा।

घड़ी देखी—तीन।

सोफे पर सोना भी सिर्फ सलीका नहीं—पूरा अनुशासन है। न बार-बार करवटें बदली जा सकती हैं और न सरका हुआ कंबल आसानी से अपनी ओर ही खींचा जा सकता है। नींद में होते हुए भी नींद से बाहर।

अजब है यह सपनों की दुनिया भी। मछलियों-सी स्मृतियाँ और उन्हें घेरे हुए दृश्य जाने किस अथाह में से तैरते-तैरते ऊपर चले आते हैं और जागरण की झलक देकर फिर कहीं विलीन हो जाते हैं।

कुछ देर पहले यह कमरा और इसकी दीवारें कहीं गुम हो गए थे। मीलों-मीलों तक फैले सन्नाटे की दृश्यावली। यह कमरा और आरण्या उसी शृंखला की आकृतियाँ हैं !

किन्हीं बीते हुए प्राचीन समयों में खिंची रील में से प्रकट हो रहे हैं जैसे एक-दूसरे में गुँथे दृश्य। किसी एकांत में से ऊपर आते तृप्त-अतृप्त संबंधों की कड़ियाँ। चटखती-खनकती हैं कुछ पुरानी लहरें इस ठंडी हो रही मद्धम आँच में भी।

अभी कुछ देर पहले ही तो देखा—आसपास फैला गहरा गाढ़ा अँधेरा था। अँधियारे आकाश तले बुझने लगा था सुनहली आँच का यह स्निग्ध ढेर। आग की पीली लपटें नहीं, अंगारों पर दमकती थीं राख रंग की धुँधली ग्रे पर्तें। इसके आसपास गोलाकार गोष्ठ में न जाने कौन-कौन बैठा था। चेहरों की आकृतियाँ, एक-दूसरे में गुँथी हुई दीखती हैं। जलती आग के आसपास बैठे इन लोगों की बाँहें और हाथ गायब हैं ! फिर भला क्या कर रहे हैं। कौन हैं।

आकाश की ऊँचाइयों से इधर चला आता आकार। कैसी अनदेखी है यह गति, यह चाल। बिना पाँवों के भरे जा रहे हैं कदम ! आ रहे हैं पास और पास—

कौन !

आरण्या पहचान लेती है—

मेरे पिता !

चेहरा नाक-नक्शे में उजागर नहीं—फिर भी कैसे भासा कि वही हैं मेरे पिता। उन्हें मेरी आँखें पहचानती हैं।

जितने आरण्या उठे, उठकर पिता से मिले, देखती है वह अँधेरे के पार चल दिए हैं। सृष्टि के इस छोर से उस छोर को ! यह सफर क्या सचमुच इतना छोटा है कि पलक झपकते आए हों पिता वहाँ से यहाँ, और लौट गए हों, यहाँ से वहाँ ?

ओढ़ा हुआ कंबल नीचे सरक गया था और जितने आरण्या कंबल उठाए, पिता अंतरिक्ष में विलीन हो चुके थे। सपनों की इस दुनिया के पार।

वहाँ भी होती होंगी सूक्ष्म शरीरवाले मृतकों की बस्तियाँ। मकानों के दलाल और एजेंट भी जरूर होते होंगे !

आरण्या ने एक और कुशन खींच लिया और अधलेटी-सी खिड़की की ओर देखने लगी। आ रही है हवा यहीं से और इसी के रास्ते पहुँचे होंगे मेरे सपनों में मेरे प्राचीन पाहुने।

अधकच्ची नींद में सुना—

वायलिन के थरथराते सघनीले सुर दबे पाँव गैलरी में से उठकर घर-भर में गूँजने लगे। मालकोस।

संगीत सुखों को आमंत्रित करता यह मध्यरात्रि राग।
कौन किसको पुकार रहा है।
आवाज़ यह किसकी है।
कुछ तो है कि आख्यान प्रत्याख्यान में बदल रहा है।
स्वर अपनी सत्ता में अपने स्वत्व का अंकन कर रहे हैं।
बरसों के आर-पार फैली पुरानी देह और आत्मा को खटखटा रहे हैं।

एक बार घड़ी देखी--क्या चार ! नहीं, तीन।

आरण्या उठी। कंधों पर शाल डाला और गैलरी पार कर दरवाजे पर हल्की-सी आहट की—सूचना दी कि मैं अंदर आ रही हूँ। आरण्या कोने में पड़ी कुर्सी पर जा बैठी। कैसेट बजता रहा।

मर्म के रहस्यों को ध्वनित करती देर तक ठिठके कमरे में झनझनाती लहराती लय। सयानी आत्माओं को अपनी मार्मिक गूँज से दुलराती रही।

समय के ऐसे अंतराल को, एक दूजे को स्पंदित करते इस लय और ताल को पकड़ लेना कितना दूभर, कितना मुश्किल।

अपने-अपने एकांतों की निस्तब्धता की वायलिन पर तरंगित होती लग रही है। अनचाहे को आतंकित करती, असमय ही यह अनबूझी समय सरगम।

लगता है दो सयाने किसी पुरानी जी हुई दुनिया की अभ्यस्त यादों के बहाने अपने-अपने देह, मन, प्राण और आत्मा में छिपे पुराने पात्रों को जी रहे हैं।

अलग-अलग और साथ-साथ। जीए हुए समय के स्थायी अंतरे को दोहराते—

सुख है क्योंकि हवा है
धूप है
जल है
आकाश निर्मल है
देह में धड़कती साँस है
अभी भी जीने के भीतर हैं सब
जब बाहर हो जाएँगे
शेष हो जाएँगे
तो भी किसी न किसी अंश में
स्वरूप में स्मृति रहेगी।

न रहेंगे हम तो भी इस धरती के सन्नाटों के साथ बहेंगे–
स्मृति के पास रहेंगे
घूमते रहेंगे शिखरों पर–
घाटियों तालों नदियों और झरनों पर–
हम यहीं बने रहेंगे।

अंतहीन हैं जन्म और मरण। हम जी-जीकर मरते हैं और मर-मरकर जीते हैं। दुबारा शुरुआत करने को—फिर जन्म लेने को। जी उठने को।

फिर-फिर पुनर्जन्म ! एक बड़ा तरण-ताल है यह ब्रह्मांड।

पुनर्जन्म ही।

सत् की इच्छा है कि वह सदा प्रतिष्ठित रहे।

चित की इच्छा है कि वह सबकुछ ज़ान सके जो उसे जानना चाहिए।

आनंद की इच्छा है कि वह हरियाता रहे। सुखी रहे। बना रहे।

अठारह

फाटक के बाहर दूर तक फैली है भीड़। जीप में खड़े हैं महात्मा सदानन्द महाराज। केसरी कीमती चोला। नित-नेम के बाद नियमपूर्वक चावल-भर अफीम के सेवन से चुनचुनाती चमकती आँखें। गर्दन तक झूलती सिर की लटें। भव्य। इस मनभावन स्वामी के लिए भक्तों की भक्ति-भावना प्रेम में पगी हुई। महात्माजी शिष्यों को समझा रहे हैं—धर्म, श्रद्धा इस देश का गहनतम प्रवाह है। वह सिर्फ जीवन-शक्ति का ही स्रोत नहीं, राजनैतिक शक्ति का भी विस्तार है। धर्म ही दुःखों का उन्मूलन करेगा। खाली नगरपालिकाएँ, प्रशासन नागरिकों के लिए ऐसा क्या कर सकेंगी कि उनमें संतोष उत्पन्न हो। भगवान भी सबकुछ सबको नहीं देते !

महाराज सदानन्द की जय !

आत्मदर्शी, तत्त्वदर्शी महात्मा सदानन्दजी की जय हो, जय हो !

कुछ प्रवचन करें महाराज ! दुखी आत्माओं का पथ-प्रदर्शन करें। हम प्रतीक्षारत हैं।

गुँथी गहरी आवाज में स्वामी जी बोले—भक्तजनो, हम सभी प्रतीक्षारत हैं।

हम प्रतीक्षा करेंगे।

प्रतीक्षा करेंगे हम !

करते रहेंगे।

अंत और आरंभ के बीच अटके रहेंगे जब तक मुक्ति न हो जाए। नया जन्म न हो जाए।

तभी होगा जब परमेश्वर के दफ्तर में नंबर लग जाए।

विधि माता आप संकेत दे देगी होनेवाले माता-पिता को।

तब तक इंतजार ही इंतजार।

हाँ, इस शरीर से विलग हो जाने पर यह पवित्र आत्मन् देसी खरीदारी को छोड़ विश्व-भ्रमण को निकल जाएगा। बिना पासपोर्ट के ही देश-विदेश में भूमंडलीय बाजार का निरीक्षण करेगा। भविष्य के नए धंधों की सूची तैयार करेगा।

जन्म-मरण के बीच की अवधि में कुछ और जुगाड़ करने पड़ेंगे। इस जून में शांत हो जाने के बाद जब हम दुबारा इस धरती की धड़कती खेप पर पहुँचेंगे तो हमारा क्रेडिट-कार्ड, अंतर्राष्ट्रीय वीसा कार्ड, गृह कार्ड सब हमें तैयार मिलेंगे। और राशनकार्ड ? नहीं राशनकार्ड की ज़रूरत हमारी नहीं। राशनकार्ड अब निर्धन भारतीयों का बनता है।

हाँ, आवागमन की इस प्रक्रिया में इंतजार करना पड़ सकता है। इस लोक की सीमा पर भारतीय नागरिकों के लंबे क्यू होंगे। एक ओर से निरोध बँट रहे होंगे और दूसरी ओर भारतीय बच्चों को पोलियों के टीके लग रहे होंगे। ड्रॉप्स दिए जा रहे होंगे।

जन्म लेने के लिए प्रतीक्षा करनी होगी। फिर वही प्रतीक्षा...

चिंता नहीं। ऊपर पहुँच चुके संबंधियों की मदद से हम पुरोधा ईश्वर के मंत्रालयों से अपना पब्लिक रीलेशन मजबूत कर लेंगे। तभी भेजेंगे वह हमें इस लोक का आनंद उठाने को। हमें जल्दी कदम उठाने होंगे। जनसंख्या को लेकर ऊपरवाली संसद में विरोध बिल भी पारित हो सकता है।

भक्तजनो, इस मुद्दे को हम पर छोड़ दीजिए—आखिर साधु-संन्यासी इसी काम के लिए हैं। ऊपर-नीचे के आवागमन को कम करें। फिर जन्म-पत्री तो ईश्वर के जन-संपर्क विभाग से ही कटेगी। अपना खेमा जमा हुआ है वहाँ। यही मनुष्य-आत्माएँ वहाँ भी इसी काम को लगी हुई हैं। पटा लेंगे।

इतना तो तय है कि शुद्ध संस्कारवाली उच्चवर्गीय माता के गर्भ से ही हम जन्म लेंगे। हम अपनी पुरानी जन्म-शृंखला, संस्कार-परंपरा और शास्त्र-मर्यादा को क्यों छोड़ेंगे। लाख सिर पीटते रहें यह निरक्षर देशज ! संस्कारी और संस्कारविहीन जातियों का भेद

युगों से चला आ रहा है। ब्राह्मण रहे देवताओं के कारदार और निम्न वर्ग राक्षसों के। इसी से देवता सात्विक हैं और दस्यु यवन मलेच्छ हैं।

हमारा मतदान इसी खेप से उठेगा, उसी पेटी में डाला जाएगा, जिसमें हमारे पूर्वज अपनी आस्था विश्वास के हित में इसकी सुरक्षा करते थे। सत्ताएँ और शक्तियाँ जो भी कहती करती रहें। हमसे, हमारी जाति से जाग्रत हमारी सांस्कृतिक धरोहर एक लंबी कड़ी के रूप में हमारे अंतर्संबंधों में संरक्षित है। जो अनपढ़ अभी साक्षर तक नहीं, वह हमारा मुकाबला कैसे करेंगे। हममें जो सूत्रबद्धता है, वह इन जाहिल अशिक्षितों में कहाँ !

सुन रहे हैं आप, कर्णकटु है ! कडुवा लगता है भले, पर सत्य है। सत्य ही !

क्षमा करें महाराज, सत्य तो अब इस जगत में निवास नहीं करता। वह अंतरिक्ष का दत्तक पुत्र हो गया है। उसे गोद ले लिया गया है !

सत्य के कई स्वरूप हैं जो झूठ की शक्ल में इस संसार में प्रवाहित हैं।

क्या पुत्रियाँ आकाशों को गोद नहीं दी जातीं महाराज !

नहीं। मानवीय महापरिवार के लिए यही ठीक समझा गया है कि पुत्रियाँ धरती की टेकड़ी पर ही टिकी रहें। उसी में सृष्टि की भलाई है।

महाराज, वह अब शोषित और प्रताड़ित महसूस करने लगी हैं। उन्हें भी अपनी देह में से किसी गुम आत्मा की आवाज सुन पड़ने लगी है।

हम जानते हैं इस संज्ञा पर दुख का गहरा प्रकोप रहा है, यह विधि का विधान है। पर अब भाड़े की विभीषिका ने इन पर कोई जादू-टोना कर दिया है।

हम उसी को स्त्री मानते हैं, जिसे त्रासदी और पीड़ा का सम्मोहन हो।

महात्मन, हमारे शास्त्रों में भी मातृकाओं और पुत्रिकाओं के कुछ अच्छे प्रसंग मिलते हैं।

पर ध्यान रहे—स्त्री शरीर में एक घोड़ा बँधा रहता है। भक्तजनो, उसे काबू में रखना जरूरी है। असल बात तो यह कि स्त्री देह है। इसीलिए उसे मार्मिक अनुभूतियाँ बिछौने से ही मिलती हैं। विचार उसका क्षेत्र नहीं। इसीलिए वह आत्मदया से ग्रस्त है।

महाराज, क्या पुरुष इस सबसे बरी है ?

पुरुष में आत्मा के रूप में परमात्मा का प्रवेश है। नारी देह में प्रकृति का निवास है। माया का दूसरा नाम ही प्रकृति है। इस पर विवाद लंबा मत चढ़ाइए। हवा में रहेगा

तो पुष्ट होता रहेगा। जितनी जल्दी हो सके, दबा दीजिए।

हमेशा वाद-विवाद और संवाद अच्छी बात नहीं। आप साधारण गृहस्थ हैं। आपके हित में तो आस्था ही आस्था है। उसे थामे रहिए।

बोलो, महाराज सदानंद की जय !

किसी देवी के भगत ने पूछा—महाराज, क्या देवी का जयकारा भी बुला लें।

क्यों नहीं। देवी सदा श्रेष्ठ हैं। हमारा श्रेष्ठों से कोई मतभेद नहीं।

उनकी चुनाव की भाषा अलग है महाराज !

होने दो। जो जागता है उसे जागने दो। जो सोता है उसे सोने दो।

दो खंबों में झूलते छोटे-छोटे रंग-बिरंगे लट्टू चमकने लगे। बुझने लगे। लाल, नीली, पीली ज्योतियाँ चमकीं।

सदानन्द महाराज की जय !

नारों के साथ अध्यात्म का नया उन्माद और लावण्य एक साथ सड़क पर प्रवाहित होने लगा।

सदानन्द महाराज कितने वोट जुटा ले जाएँगे, यह किसी को पता नहीं। हाँ, अगले ही मोड़ पर सदानन्द जी के जुलूस की दूसरे चुनावी दल से मुठभेड़ हो गई।

इस ओर के नेता ने चीखकर कहा—सन्तो सोचो—

खुले दिमाग से सोचो

बिजली बोर्ड

जल बोर्ड

आवास बोर्ड

स्वास्थ्य बोर्ड—बिना काम के निठल्ले हो जाएँगे—

यदि आप सभी-कुछ भगवानश्री पर छोड़ देंगे।

देख रहे हैं न यह गंदा नाला—यह हमारी राष्ट्रीय नदी जमुना जी हैं—

दूसरों को शांत करनेवाली महान गंगा मैया भी गंदगी से खौल रही है। सदानंद महाराज, कुछ करना होगा। दैवी शक्तियाँ क्या इस प्रदूषण को सोख लेंगी।

याद रहे—नागरिकों के भी कुछ अधिकार हैं।

किसी ने चीखकर कहा—क्या सचमुच !

प्रजा के फेफड़े जकड़े हैं प्रदूषण से—

गले की व्याधियों से बच्चे परेशान हैं।

नागरिक आँखें धुएँ का शिकार हैं–

अच्छे पानी का अभाव है–

सुनिए सुनिए–

सदानन्द महाराज चीख़े–

उपनिषदों ने आत्मा को अजन्मा, नित्य शाश्वत और पुरातन कहा है।

सत्ताओं और शक्तियों को अपना काम करने दीजिए।

बंद करिए इस दर्शन को। यदि बुद्धि, तर्क, मनोभाव भारतीय जीवन-शक्ति को उच्चतर स्तर पर पहुँचाना चाहते हैं तो उन्हें न्याय, साहस और सहानुभूति के सिद्धांतों को समझना होगा।

आप किसी मृत-प्राय विचारधारा के नारे लगा रहे हैं।

आप क्यों आतंकित हैं उससे ?

कान खोलकर सुनिए–हमारे लिए यह जगत मिथ्या नहीं है। नित्य है। यह न जन्मता है न मरता है। यह स्थूल-सूक्ष्म रूप में हमेशा विद्यमान है। फिर हमें बेहतर जीवन से दूर रहने को क्यों भरमा रहे हैं। हमारे अधिकारों की रक्षा करने को हमारा संविधान है। प्रजातंत्र में बहुमत की सहभागिता ही उसका आख्यान है। संसद हमारे लोकतांत्रिक मूल्यों की संरक्षक है। हम भले पिछड़े हैं, कमज़ोर हैं, अनुसूचित हैं पर संसद हमारी भी है।

हम भी इसी देश के निवासी हैं।

चुनावों का मौसम बीत जाने के बाद यह झरझराती पत्तियों की निःशब्द ध्वनियाँ।

अंतर का आकाश चुप है। गुमसुम।

बाहर हल्की-सी आहट हवा की, और बिजली गुल है।

प्रगाढ़ अँधेरा और देह का साँवला आलोक। लगता है सुबह हो रही है। ऐसी सुबह, और जीवित हैं हम। क्या यह उठकर खड़े हो जाने का शुभ कारण नहीं ! सब सगुण-निर्गुण इसी धरती पर। इसी जीवन में। हर जी रही संज्ञा के पास इस लोक में जिए हुए का इतिहास और उसकी छोटी-सी प्रामाणिकता।

उन्नीस

अगले दिन सामान उठाने ट्रक को देर से आना है। दुपहर से खेलगाँव की एंटरी बंद है।

ईशान आए तो सामान पर नज़र डाली। बहुत ज़्यादा नग हैं। कुछ कम कर देने चाहिए।

बहुत कुछ निकाला है, फिर भी एक आदमी के लिए असबाब ज़्यादा है।

रूढ़ियों और पुरानी परंपराओं की तरह पोटलियाँ दीखती ही रहती हैं। इन्हें फेंका जाता है, जब कहानियाँ खत्म हो जाती हैं।

ईशान कुछ क्षण मौन हुए, रहे फिर कहा—

अनकही पीड़ाओं की भी बुचकियाँ-पोटलियाँ साथ चलती रहती हैं। मैं स्वयं सोच रहा हूँ सामान कम करने की।

आरण्या ने खीझकर कहा—काल-आयाम की बात सोचें तो पुनर्जन्म एक से अधिक बार संभव है। हर बार घर बदलने के साथ नया देह-प्रवेश !

सहसा दोनों एक-दूसरे को शंकालु अमैत्री से देखने लगे और चुप रहे।

आरण्या, इसलिए आया था कि आपको लंच के लिए बाहर ले चलूँ।

आरण्या उत्साहित हुई—

इस निमंत्रण के लिए तो मैं हमेशा तैयार हूँ।

पर्स लिया। ताली से दरवाजा बंद किया और दोनों लिफ्ट में नीचे उतर गए।

रेस्तराँ पर पहुँचकर जितने ईशान गाड़ी पार्क करें, आरण्या अंदर चली गई। कोने के मनपसंद टेबल पर नज़र मारी और इत्मीनान की साँस ली।

सुबह से सोच रही थी कि आज लंच यहीं लूँगी। यह टेबल मिल गया तो खुश हो जाऊँगी।

आदत न रहे तो कभी-कभी दो लोग भी एक-दूसरे को भीड़ लगने लगते हैं।

मीनू कार्ड हाथ में ले ईशान बोले—

क्या ठंडी बियर ?

क्या आप लेंगे ?

नहीं। मैं ताज़े फलों का रस।

मैं भी ! पैकिंग में बहुत मेहनत की है। विटामिन जरूरी हैं।

छोटे-छोटे घूँटों में फल-रस की ताज़गी।

आरण्या चहकने लगी।

वक्त था जब हफ्ते में चार दिन रेस्तराँ में बीतते थे। साठ-सत्तर के दशकों की बात कर रही हूँ। हम जैसे सयानों की वह भीड़ अब तितर-बितर हो चुकी है। खुश हूँ कि मैं अभी हूँ, और आपके साथ बैठी हूँ।

आरण्या, मैं भी।

लंच ऑर्डर करें।

स्टीम फिश। आप तो शाकाहारी हैं—

नहीं—माछ को सब्जी माना जाता है। विदेश में मैं इसी पर जीता रहा।

आरण्या ने जैसे शब्दों का सुघड़ चुनाव किया हो—

अपार्टमेंट छोड़ने से पहले का यह ऐतिहासिक लंच याद रहेगा।

हम लोगों की दिशाएँ विपरीत की ओर मुड़ रही हैं। खेलगाँव यहाँ से दूर है, ड्राइव करने के लिए मुझे हिम्मत जुटा पाना मुश्किल है।

आरण्या व्यंग्य से हँसी। मेरे लिए आसान है, क्योंकि मेरे पास गाड़ी नहीं। फिर सयाने लोगों का मिलना इतना जरूरी नहीं।

दोनों हँसने लगे।

कॉफी या चाय ?

मैं चाय ले सकती हूँ मगर पहले आइसक्रीम !

आरण्या, विनिता के पास कोई परेशानी तो न होगी ?

नहीं होनी चाहिए। एक कमरा एटैच-बाथरूम के साथ और बाकी का सामान बेसमेंट में।

ईशान कुछ क्षण आरण्या को जाँचते रहे हों जैसे। फिर कहा—तीन बैडरूम फ्लैट के बाद एक कमरे में चला सकेंगी ?

ईशान, मैं निपट मध्यवर्ग हूँ। और इसमें गर्व महसूस करती हूँ। सिखाया गया है कि जैसा वक्त देखो, उसके अनुरूप कदम उठाओ।

ईशान ने हर शब्द को तौला हो—आरण्या, जो कहने जा रहा हूँ उसे हँसी में मत उड़ाना। अगर मैं यह कहूँ कि एक कमरा, एटैच बाथरूम—एक बालकनी तुम्हारे लिए मेरे फ्लैट में ही मौजूद है।

हूँ-हूँ... ईशान, मुझे सोचने को एक दिन चाहिए होगा। कल सुबह तक बता सकूँगी।

कितने बरस गुज़र गए।

हम कहाँ से चले थे और कहाँ पहुँच गए। कहाँ मालूम था कि पतझर के इस मौसम में हम लोग मिल जाएँगे, पुराने परिचितों की तरह नहीं—नए मित्रों की तरह। लंबा अरसा हो गया इस शहर में रहते। अपने-अपने खातों को देखें तो कहाँ जान पाएँगे कि कितना खोया और कितना पाया। हाँ आरण्या, तुम्हें जान लेने पर यह तो लगता है कि जीना बैंक का अकाउंट नंबर नहीं, जिसका कुल जोड़ कुछ आँकड़ों में हो। मैं अब किसी असमंजस में नहीं हूँ। क्यों न अपने जाने को सहज-सरल कर लें। हम दोनों में से किसी को दिक्कत न होगी।

बीस

तुम्हें आश्वस्त कर रहा हूँ कि अभी भी सबकुछ रीत नहीं गया। जितना जल हमारे-तुम्हारे घट में शेष है, वह इस सँझाते समय के लिए कम नहीं। क्यों न हम एक-दूसरे के पास रहें। साथ रहें। जो वक्त बीत गया है, एक-दूसरे को जाने बिना ही पुराने कैलेंडरों में खो गया, उसे तो लौटाया नहीं जा सकता। पर आज से जुड़े कुछ दिनों को अपना तो बनाया जा सकता है। आरण्या, कभी कल्पना में ही अपने को कॉलेज के बरामदों में चलते-फिरते देखता हूँ तो लगता है मैं अब कोई और हूँ। लगता है अपने ही किसी निकटतम पुराने मित्र को याद कर रहा हूँ। आरण्या, तुम्हें जानकर मैं कुछ और हो गया लगता हूँ। इसे भला क्या कहते होंगे। कोई शब्द तो जरूर है इसके लिए।

आरण्या, मैं सो गया था, तब तुम जाग रही होगी। अब तुम सो रही हो और मैं जाग रहा हूँ। कितनी अलग-अलग हैं हमारी आदतें, दिनचर्या और जीवन-शैली।

तुम दुःखों को नहीं दुलारतीं और मैंने बहुत पहले भाग्य से लड़ना छोड़ दिया है।

प्रारब्ध से जो मिले उसे स्वीकार कर लिया करता हूँ। विचित्र हैं अनायास घटित हो जानेवाली घटनाएँ। संयोग से जिस मोड़ पर तुम मिली हो, वह मुझमें कृतज्ञता का ही भाव जगाता है।

हम अपने-अपने समय को जी चुके हैं, व्यतीत कर चुके हैं। जितना कुछ बाकी है, उस थोड़े-से को भी क्यों न मन से जी लें। इस घड़ी जैसा मैं अंतर में महसूस कर रहा हूँ उसके बारे में कुछ नहीं कह सकूँगा। जानता हूँ तुम समझोगी।

समझोगी उसी दिन जिस दिन तुम समझने का इरादा करोगी।

आज सुबह उठते ही जो प्रसंग पनीले बादल की तरह मेरी आत्मा पर छा गया, उसे बिना शब्दों के उच्चारण के तुम तक पहुँचाना चाहता हूँ। पुरानी फाइल में से खोज निकाला यह पत्र। मिला तो लगा कभी-कभी भाग्य भी आप तक पहुँचने की उत्कट इच्छा प्रकट करता है।

मृत्यु-शैय्या से लिखा अपने अजन्मे पुत्र के लिए युगोस्लाव सैनिक का यह पत्र कुछ ऐसा कहता है जो मुझमें आदर-भाव जगाता है। आरण्या, इसकी पंक्तियों के गूढ़ से हम दोनों कुछ न कुछ संतोष पा सकेंगे !

मेरे बच्चे,

आलोक होने से पहले अँधियारे में जब तुम जन्म के लिए शक्ति समेट रहे हो, मैं तुम्हारी मंगल-कामना करता हूँ।

अभी तो तुम्हारा कोई आकार नहीं, साँस नहीं, आँखों में ज्योति नहीं, पर मैं गहरे से आश्वस्त हूँ कि जब तुम्हारा और तुम्हारी माँ का समय एक-दूसरे से अटूट जुड़ जाएगा तो तुम संचित करोगे अपने वजूद में आने और साँस लेने की शक्ति। माँ के गर्भ से बाहर आकर इस लोक के अलौकिक आलोक को देखने और निरखने की विलक्षण तृप्ति और संतुष्टि।

जन्म पाने और लेने के लिए यही है इंसान के हर बच्चे की विरासत। यही है उसकी मंजिल। माँ के पुनीत गर्भ में से देह और आत्मा पाकर इस जगत में उपस्थित हो नित-नित संषर्घ करना और अमरत्व की ओर बढ़ना।

मेरे बच्चे, तुम इस ब्रह्मांड के कर्त्ता की कृतज्ञता से जन्म लो और देर तक जलती रहे तुम्हारे प्राणों की लौ। वह तुम्हें, तुम्हारे बचपन और यौवन को धार दे। मेरा आशीर्वाद तुम्हारे लिए यही।

अनश्वर से सभी नश्वरों को एक मोहलत मिलती है यहाँ रहने की, रुकने की !

जब इस गतिशील यात्रा का समापन हो तो मुमकिन है तब भी तुम किसी प्रहरी की निगाह से उस अकेली सड़क के मोड़ को देख सको ! प्यार और गरिमा दे सको उन्हें, जिन्हें गरमाहट और स्नेह की जरूरत हो। उन्हें, जिन्हें सहानुभूति और प्रकाश की जरूरत हो।

मेरे बच्चे, कामना करता हूँ तुम्हें मिले वह बचपन जिसमें जी-भर खेल-कूद तुम उस दुनिया की पहचान में आगे बढ़ो जहाँ 'स्व' का ही राग-अनुराग नहीं, उन शाश्वत मूल्यों का आग्रह और संघर्ष है, जिन्हें मनुष्य बचाना चाहता रहा है।

इस दुनिया के पेड़-पत्ते, लतरें, खेत-खलिहान, नद-नदियाँ, झरने, सागर, शिखरों के साथ-साथ अपने नायकों, महापुरुषों का सम्मान भी बचाए रखना। इन सबके साथ सुरक्षित रखना किसी भी अपमान का सामना करने की सामर्थ्य और अन्याय से लड़ने की, जूझने की जुर्रत।

जानता हूँ—मुझे जल्दी ही तुम्हें देखे बिना शेष हो जाना है और मेरी अनुपस्थिति में तुम्हें जन्म लेकर, अपनी संज्ञा में उस ढेर पर खड़े होना होगा जो मेरी गलतियों और सीमाओं से बना है। बेटे, मुझे क्षमा करना। जानता हूँ, तुम्हारे लिए असुथरी और उलझन-भरी दुनिया छोड़ रहा हूँ। मेरे बच्चे, मैं खयालों में तुमसे अंतिम विदा लेता हूँ तुम्हारा माथ चूमकर।

गुडनाइट !

गुडमार्निंग !

सूरज की लालिमा में से चमकती हुई शुभ्र उजली सुबह !

तुम्हारे जीवन-भर के लिए शुभ हो !

तुम्हारा पिता

मेरे बेटे,

जिसे तुम कभी नहीं देखोगे !

इक्कीस

आरण्या जगी।

सिरहाने टेबल पर चाय की ट्रे पड़ी थी। अपनी ओर सरकाई तो ट्रे में दोहरा तह किया कागज खड़खड़ाया।

चश्मा उठाया और चौकन्ने होकर इबारत को अंदर खींचने लगी।

पढ़ चुकी।

फिर दुबारा।

और तिबारा।

लिखित को अलटा-पलटा। नीचे कोने में—

आरण्या, सैर को निकल रहा हूँ।

नीबू पानी रखा है। चाय भी। नाश्ता नौ तक तैयार होगा। जल्दी उठने की जरूरत नहीं।

घड़ी देखी। फ्लैट के नए मालिक के आने का वक्त।

घर पहुँचकर सभी कमरों पर एक नजर मारी। सब कुछ समेटा जा चुका, मगर

ये जूते !

मेरे प्रिय जूतो–कैसे भूल गई मैं तुम्हें !

नहीं, मैं जानती हूँ, मैं तुम्हें क्यूँ भूली। अब जो मेरी मंजिल है, वहाँ पहुँचने के लिए अब तुम्हारी जरूरत नहीं पड़ेगी।

तो क्या कबाड़ी को दे दिए जाएँगे हम ?

नहीं। स्मृति करेगी तुम्हारी देखभाल।

और तुम्हारी !

आरण्या इस बार जूतों से आँखें चुराए रही।

हाथ से अलमारी के नीचे सरकाकर अपने से कहा–हाँ। शायद।

समय सरगम।

समय एक राग।

नहीं। समय में निबद्ध हैं अनेक राग।

अनेक बंदिशें।

हर बंदिश में अपनी स्वर-लहरी। देह को झंकृत करती हुई। आत्मा में रस-बस जाती। दोनों की निकटता और दूरी एक-दूसरे में घुली-मिली। अंतर में उदित होता है एक आलोक पुंज। लय-ताल का सुर-सिंगार।

राग-अनुराग और विराग, नेह-प्यार और दुलार। समय बहाने-बहाने सम्मोहित करता है। उदास करता है। अंदर का पाखी उड़ान के लिए फड़फड़ाता है।

सिर्फ उदासी नहीं, इसी के साथ टँका जीवितों के लिए गहरा आदर-भाव।

जन्मे तो, जीए तो–

जैसे कान में पड़ती तंबूरे की सूक्ष्म ध्वनियाँ कोई न चीन्ह सके, और फिर भी सम्मोहित भाव से राग का आलाप सुने। उसी तरह दूसरे की सुर-भाषा को न समझे तो भी उसे अपने भीतर पहचानने की कोशिश करे। नहीं जानते, हम किसको सुन लेते हैं और किसको बिना सुने अपने से बिसरा देते हैं। अनाम कर देते हैं। तन-मन को एक साथ सम्मोहित और उदास-उल्लसित करनेवाली हल्की-गहरी अनुभूतियों के बावजूद।

समय के सातों स्वर परस्पर आबद्ध हैं एक गूँथ में। एक गहरे नेह का नाता बाँधे रहता है, उन्हें स्थायी अंतरे से।

उदात्त, अनुदात्त और त्वरित। इस जीवन की अनेकों-अनेक स्वर संज्ञाएँ, स्वरावलियाँ और श्रुतियाँ। और हर एक के आलाप में से बहते भक्ति-भाव, राग-विराग, प्रेम-अनुराग, पीड़ा-दर्द, स्मृति-विस्मृति, तृप्ति तन्यमता, उल्लास, दुःख-सुख, शोक-विषाद, आनंद-आह्लाद।

संचित जीवन का यही राग।

आदिम षडज और निषाद।

पहला स्वर आदिम। जन्म-स्वर।

षडज, तरुणाई-स्वर।

निषाद, इस मानवीय आख्यान का अंतिम स्वर।

बचपन, यौवन और यह पकते हुए मौसम का सुर निषाद।

जब तक हो, इन्हें गुँथे रहने दो।

तभी है यह सरगम।

समय सरगम।

यही धरती

ऐमनेस्टी इंटरनेशनल की दक्षिण-पूर्वी डेस्क से जुड़ी जर्मन पुत्री और भारतीय पुत्रवधु ऐंग्लिका कश्मीर से लौटती हुई दिल्ली में रुकी और शाम को अपने भारतीय संबंधी ईशान से मिलने चली आई। आरण्या भी शामिल हुई शाम में। जाने कौन-सी नई-पुरानी अंतरध्वनियाँ कमरे में गूंजने लगीं।

भारतीय परिवार में उगे ऐंग्लिका के दो बच्चे—विवेक और मालविका।

जम्मू-कश्मीर में जन्मे ईशान और उनके साले सुरेन पाठक की पत्नी ऐंग्लिका को एक-दूसरे से बहुत कुछ कहने को है। परिवार की सघन स्मृतियाँ और अंतरदृष्टियाँ निःसंदेह एक-दूसरे को अतिरिक्त जानकारियाँ दे रही हैं।

ऐंग्लिका ने दिलचस्पी से आरण्या की ओर देखा और तेवर चढ़ा कर ईशान से हँसते हुए पूछा—

आपने अब भी अपने भाग्य और भाग्यवाद से छुटकारा पाया कि नहीं ?

क्या सचमुच इससे कोई छुटकारा पा सकता है ऐंग्लिका।

आरण्या व्यंग्य से हँसी।

मुझे शायद यहाँ से उठ जाना चाहिए। इस विषय को लेकर शास्त्रार्थ शुरू हो गया तो आज की शाम को बचाना मुश्किल होगा।

ईशान हँसे नहीं। गंभीरता से कहा—

अब तो हम गुजरी हुई जिंदगी को एक कहानी की तरह देख सक रहे हैं।

ऐंग्लिका ने चुहल की—

जम्मू-कश्मीर में पैदा होने का टैक्स भी ईशान को भरना पड़ा है। मेरे पति के बहनोई भारतीय डाक सेवा से रिटायर हुए। इनके महापंडित परमात्मा इनका साथ देते तो यह भारतीय प्रशासनिक सेवा से निवृत्त होते।

आरण्या ऐंग्लिका की ओर मुड़ी—

कृपया जारी रखें ऐंग्लिका, मेरे निकट यह एक सनसनीखेज खबर है। ईशान ने कभी बताया ही नहीं।

कुछ भी खास नहीं आरण्या, तुम कितनी जल्दी उकसाई जा सकती हो।

आह, आप जम्मू-कश्मीर से हैं तो मैं इसकी सीमा से लगे गुजरात पाकिस्तान से हूँ। ऊँचाइयों को देखकर भला क्यों नहीं चौंकूँगी। लेकिन उस राज पर रोशनी डालिए जिसकी ओर ऐंग्लिका का इशारा था।

कुछ खास नहीं। इतनी-सी बात कि भारतीय प्रशासनिक सेवाओं के लिए बैठा और चुन लिया गया। आई.ए.एस. में नंबर रहा 18 और आई.पी.एस. में सबसे ऊँचे—एक पर ! गृह मंत्रालय ने जम्मू-कश्मीर से पूछा। शेख साहिब थे वजीरे-आजम। उन्होंने भारत सरकार को सूचित कर दिया कि जम्मू-कश्मीर भारतीय प्रशासनिक सेवाओं में शामिल नहीं। सो मुझे पोस्टल सेवा ऑफर हुई और मैंने स्वीकार कर ली !

वह भी निष्काम भाव से ! ईशान, मुझे ऐसे स्वभाव से निराशा हो रही है। आपने कुछ दौड़-भाग नहीं की !

नहीं। हाँ 1956 में जब बक्शी गुलाम मुहम्मद साहिब कश्मीर के वजीरे-आजम बने तो जम्मू-कश्मीर का आई.ए.एस काडर बना। गृह मंत्रालय ने उस काडर में मेरे लिए प्रावधान किया और जम्मू-कश्मीर सरकार को अनुमोदन के लिए भेज दिया। वहाँ भी जो नहीं होना था, सो नहीं हुआ। उसके कारण छोड़ देते हैं।

चर्चा मुड़ी आतंकवाद और मानवीय अधिकारों को लेकर जम्मू-कश्मीर की गंभीर स्थिति और हिंसा के निर्मम वृत्तांत की ओर। एक ओर आतंकवाद और दूसरी ओर उससे लड़ते हुए सैनिक सुरक्षा दल। मानवीय अधिकारों पर आँख रखे अंतर्राष्ट्रीय सतर्क

दृष्टि और हिंसात्मक टकराहट में कुचली जाती मानव विरोधी गतिविधियों का ब्यौरा इकट्ठा करती एमनेस्टी इंटरनेशनल।

क्या सचमुच कश्मीर समस्या का हल इतना कठिन है ?

कहीं भी हो, किसी भी देश या क्षेत्र में लगातार वर्षों तक वर्दी से लैस सेना की उपस्थिति नागरिकों में क्यों न विद्रोह और विरोध जगाएगी !

ड्रिंक के लिए गिलास आ गए।

आरण्या, मैं ड्रिंक से पहले कुछ खाना चाहती हूँ। आज लंच नहीं लिया।

आरण्या ब्राउन-ब्रेड और चीज़ ले आई।

क्या इसी से देसी-विदेशी का फर्क कुछ कम-सा लग रहा है !

ऐंग्लिका का परिवार-घर भारत में रहा है। वही फर्क पीहर और ससुराल का।

क्या इतना भर !

नहीं, अलग-अलग नस्लों का फर्क कैसे मापा जाएगा ! रहेंगी दूरियाँ और नजदीकियाँ एक साथ। स्थानीयता में से झाँकती देसी-परदेसी-विदेशी प्रतिक्रियाएँ। भले एक-दूसरे के समानांतर हों या विपरीत।

ऐंग्लिका सतर्क है।

यू.एन.ओ. के सेक्रेटेरिएट की बात होने लगी।

आरण्या ने दूसरा ड्रिंक दिया और दूसरा लिया।

कहा जाता है कि विश्व की महाशक्तियाँ, संपन्न विकसित राष्ट्र अंतरिक्ष में बस्तियाँ बसाने जा रहे हैं। काश कि हमारा राष्ट्र भी इस क्यू में होता !

ईशान ऐंग्लिका की ओर मुड़े—

क्या सचमुच ऐसा होने जा रहा है ?

अगली शती में बहुत कुछ बदलेगा। संपन्न राष्ट्रों की यांत्रिक पीढ़ियाँ वहीं बसाई जाएँगी।

और निर्धन पिछड़े देश इसी धरती पर रह जाएँगे।

आरण्या रौ में आ गई।

सच तो यह है कि अब विकसित गोरी ज़ातियाँ ऊपर रहेंगी और काली-चपटी इस धरती पर। खबर यह भी है कि विकसित देशों की बिरादरी ऊपर दो काम संपन्न करेगी। यू.एन.ओ. भवन का निर्माण और उसके साथ ही 'ईश्वर' का निवास-गृह निर्मित होगा। यू.एन.ओ. को जब भी जरूरत होगी, वे ईश्वर से सलाह-सम्मति कर सकेंगे। निर्धन नस्लों

को धरती की देख-रेख करनी होगी। नहीं तो भूचाल-तूफान, सुपर तूफान और लगातार सशस्त्र आतंकवाद। किस्सा कोताह यह कि यह सब समस्याएँ निर्धन जातियों के हवाले हो जाएँगी।

इस लोक की जनसंख्या धीरे-धीरे उस बोझ को कम करेगी जिससे धरती दबी पड़ी है।

हमारी जनसंख्या !

हमारी धरती।

इसकी वनस्पतियों और हरीतिमा की कौन रखवाली करेगा।

कौन सुरक्षा करेगा !

मनुष्य !

मनुष्य !

मनुष्य ही।

परमाणु हथियार कभी नहीं।

कभी नहीं।

●●●